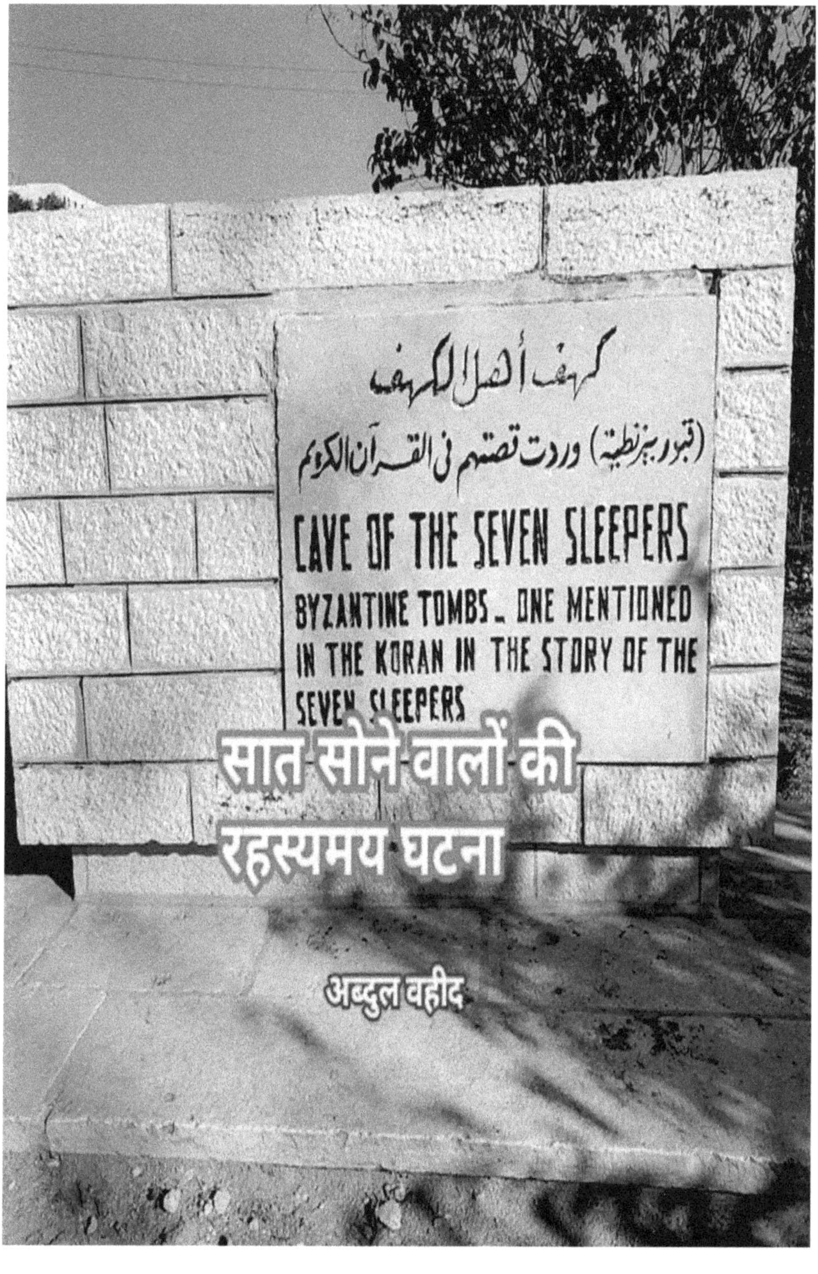

सात सोने वालों की
रहस्यमय घटना

अब्दुल वहीद

सात सोने वालों की रहस्यमय घटना
The mysterious incident of the seven sleepers

अब्दुल वहीद

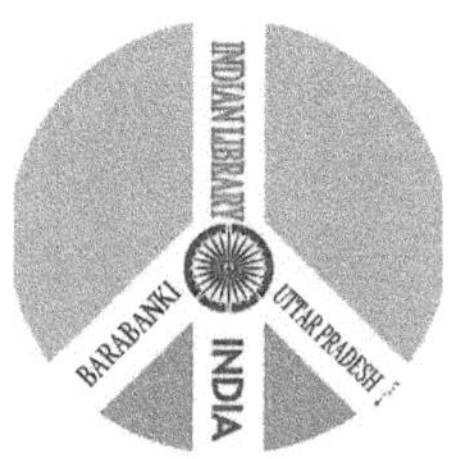

CERTIFICATE OF PUBLISHING

We're proud to present this certificate of publishing to

Abdul Waheed

for successfully publishing

THE MYSTERIOUS INCIDENT OF THE SEVEN SLEEPERS

on 23-01-2023

"A writer's life and work are not a gift to mankind; **they're a necessity**"~ Toni Morrison

समर्पण

यह पुस्तक मेरे मरहूम पिताजी हाजी उबैदुर्रहमान (मुन्ना भाई) तथा छोटा भाई अब्दुल हमीद की याद में समर्पित है। ईश्वर (अल्लाह) उनकी आत्मा को शांति दे.

आमीन

विषय सूची

भूमिका

इस किताब में अलकहफ (अर रकीम) नामक एक रहस्यमयी गुफा की चर्चा है।   जिसका ज़िक्र   पवित्र क़ुरआन में है और यह ऐतिहासिक घटना है, क्योंकि सरकार और अन्य वैज्ञानिकों ने इसकी खोज की है जो कि सत्य पाई गई है, यह घटना अजीब है क्योंकि पवित्र क़ुरआन में इस घटना का ज़िक्र है कि वे कुछ नौजवान थे जिन्होंने गुफा में गए और 309 साल तक सोते रहे, एक बहुत ही आश्चर्यजनक घटना है। इसे पढ़ें और मुझे बताएं कि क्या आप कोई अधिक विषय जोड़ना चाहते हैं।

धन्यवाद,

आपका - अब्दुल वहीद, बाराबंकी, उ.प्र., भारत।

Date - 24/12/2022

सेवन स्लीपर्स की गुफा (कहफ अर-रकीम)

अम्मान के पूर्व में एक गांव अल-राजीब में एक ऐतिहासिक और धार्मिक स्थल है। यह दावा किया जाता है कि इस गुफा में सेवन स्लीपर्स (aṣḥāb al kahf) - युवकों का एक समूह था, जो बीजान्टिन और इस्लामी स्रोतों के अनुसार, रोमन सम्राट डेसियस के धार्मिक उत्पीड़न से भाग गए थे। किंवदंती है कि ये लोग 250 ईस्वी के आसपास एक गुफा में छिपे हुए थे, लगभग 200 या 300 साल बाद चमत्कारिक रूप से उभरे। इस गुफा के सटीक स्थान के संबंध में काफी बहस बनी हुई है - अल-राजीब साइट के अलावा अफसीन, टार्सस और माउंट पियोन सहित तुर्की में विभिन्न स्थानों का सुझाव दिया गया है। साइट दो मस्जिदों और एक बड़े बीजान्टिन कब्रिस्तान के अवशेषों से घिरी हुई है। यह सबा बस स्टेशन के पास है और अम्मान के विहदत स्टेशन से लगभग पंद्रह मिनट की बस यात्रा है।

जब युवक गुफा में पीछे हट गए और कहा, 'हमारे भगवान, हमें अपने आप से दया प्रदान करें और हमारे लिए हमारे मामले से सही मार्गदर्शन तैयार करें।' तो हमने कई वर्षों तक गुफा के भीतर उनके कानों पर [नींद का परदा] डाल दिया। फिर हमने उन्हें जगाया, ताकि हम दिखा सकें कि दोनों गुटों में से कौन-सा गिरोह गणना करने में सबसे सटीक था कि वे किस हद तक ठहरे हुए थे। यह हम हैं जो आपको [हे मुहम्मद], उनकी कहानी सच बताते हैं। निश्चय ही वे नवयुवक थे जो अपने रब पर ईमान लाए और हमने उन्हें हिदायत में बढ़ा दिया।

कुछ लोगों का तर्क है कि कुरान के सूरह अल-कहफ़ में जिस स्थान का ज़िक्र किया गया है, वह स्थान सात सोने वालों की गुफा है।

सूरा का नाम गुफा अल-कहफ के नाम पर रखा गया है - सात सोने वालों की कथित धर्मपरायणता के सम्मान में। इस्लामी विरासत के साथ साइट के संबंध ने इसकी खोज और उत्खनन में विभिन्न इस्लामी लीगों की भागीदारी का नेतृत्व किया। इस गुफा की पहचान पास के गाँव अल-राजीब के नाम के कारण कुरान के रिकॉर्ड से की गई थी, जो अल-कहफ में वर्णित अल-रकीम शब्द के समान व्युत्पत्ति के समान है। कुछ लोग गुफा के दरवाजे के पास एक कुत्ते की खोपड़ी की खोज के आधार पर सूरत अल-कहफ के साथ साइट के पत्राचार का भी तर्क देते हैं।

गुफा के नाम की उत्पत्ति

इस साइट का अंग्रेजी नाम उन सात स्लीपर्स को संदर्भित करता है जिन्होंने गुफा में शरण मांगी थी, इसके बावजूद सोने वालों की संख्या के संबंध में खाते व्यापक रूप से भिन्न हैं। विहित इस्लामी पाठ सात स्लीपर और एक कुत्ते को संदर्भित करता है। साइट का अरबी नाम, अरबी: كهف الرقيم, Kahf ar-Raqīm, त्रयी मूल अरबी: ر-ق-م पर आधारित है, जो लेखन या सुलेख को दर्शाता है। यह उस गाँव या पहाड़ को संदर्भित कर सकता है जिसमें गुफा स्थित है। यह उस पुस्तक का भी उल्लेख कर सकता है जिसमें सात सोने वालों के नाम दर्ज हैं, जैसा कि मुहम्मद इब्न जरीर अल-तबरी के व्याख्यात्मक कार्य तफ़सीर अल-तबरी में सुझाया गया है। पास के गांव का आधुनिक नाम, अल-राजीब, अल-रकीम शब्द का अपभ्रंश हो सकता है।

खोज और उत्खनन

1951 में, जॉर्डन के पत्रकार तैसीर थाब्यान ने सेवन स्लीपर्स की गुफा की खोज की। उन्होंने सीरियाई सैन्य पुलिस के जर्नल पर इसकी तस्वीर प्रकाशित करने और जॉर्डन के पुरावशेष विभाग को सूचित करने से पहले। विभाग ने जार्डन के पुरातत्वविद् रफीक अल-दजानी को गुफा में अनुसंधान और अन्वेषण का कार्य सौंपा। उन्हें मुख्य गुफा के अंदर आठ छोटे मुहरबंद मकबरे मिले, जिनमें हड्डियां सुरक्षित थीं।

इफिसुस के सात स्लीपर
ईसाई धर्म

इफिसस में थियोडोसियस द्वितीय
थियोडोसियस द्वितीय का इफिसस पहुंचना (इफिसस के सात स्लीपरों की कथा का एक दृश्य), पॉट-मेटल ग्लास, रूएन, फ्रांस, सी। 1200-05; मेट्रोपॉलिटन म्यूज़ियम ऑफ़ आर्ट, न्यूयॉर्क शहर में। 63.5 × 71.5 सेमी.

इफिसस के सात स्लीपर, एक प्रसिद्ध किंवदंती के नायक, क्योंकि यह मृतकों के पुनरुत्थान की पुष्टि करता है, मध्य युग के दौरान पूरे ईसाईजगत और इस्लाम में इसकी स्थायी लोकप्रियता थी। कहानी के अनुसार, रोमन सम्राट डेसियस के अधीन ईसाइयों (250 ई.पू.) के उत्पीड़न के दौरान, सात (या कुछ संस्करणों में आठ) ईसाई सैनिकों को उनके मूल शहर इफिसस के पास एक गुफा में छिपा दिया गया था, जिसके प्रवेश द्वार को बाद में सील कर दिया गया था। वहाँ, खुद को बुतपरस्त बलिदान करने के लिए मजबूर होने से बचाने के बाद, वे एक

चमत्कारी नींद में सो गए। पूर्वी रोमन सम्राट थियोडोसियस द्वितीय के शासनकाल (408-450 सीई) के दौरान, गुफा को फिर से खोला गया, और स्लीपर जाग गए। सम्राट उनकी चमत्कारी उपस्थिति और शरीर के पुनरुत्थान के उनके ईसाई सिद्धांत की गवाही से प्रभावित हुए। अपने अनुभव के गहन अर्थ को समझाने के बाद, सातों की मृत्यु हो गई, जिसके बाद थियोडोसियस ने उनके अवशेषों को बड़े पैमाने पर प्रतिष्ठित करने का आदेश दिया, और उन्होंने उन सभी बिशपों को दोषमुक्त कर दिया, जिन्हें पुनरुत्थान में विश्वास करने के लिए सताया गया था।

कोर - सिरिएक और अरब स्रोतों में इफिसस के सात स्लीपरों की किंवदंती - एक तुलनात्मक अध्ययन (01 जनवरी, 2024)
ईसाई क्षमाप्रार्थी का एक पवित्र रोमांस, किंवदंती कई भाषाओं में कई संस्करणों में मौजूद है। कुछ विद्वान किंवदंती के स्रोत के रूप में शिमोन मेटाफ्रास्टेस के एक यूनानी वृत्तांत को मानते हैं। अन्य संस्करणों में टूर्स के सेंट ग्रेगरी द्वारा एक लैटिन खाता और सेरुघ के जैकब द्वारा एक सिरिएक संस्करण शामिल है, जिसमें से कॉप्टिक और जॉर्जियाई खाते संभवतः उत्पन्न हुए हैं। यह कहानी एक एंग्लो-नॉर्मन कविता और एक पुराने नॉर्स अंश में भी पाई जाती है। पश्चिमी परंपरा सात स्लीपरों को मैक्सिमियन, माल्चस, मार्शियन, जॉन, डेनिस, सेरापियन और कॉन्स्टेंटाइन कहती है। पूर्वी परंपरा में उनके नाम मैक्सिमिलियन, जम्बलिचस, मार्टिन, जॉन, डायोनिसियस, एंटोनियस और कॉन्स्टेंटाइन हैं। कहानी का एक संस्करण कुरान के 18वें सूरह में वर्णित है, जिसे इसी नाम से "गुफा का सूरह" (सूरत अल-काहफ) कहा जाता है।
मरणोपरांत जीवन, शारीरिक मृत्यु के बाद किसी न किसी रूप में अस्तित्व में रहना। यह विश्वास कि किसी व्यक्ति का कुछ पहलू

मृत्यु के बाद भी जीवित रहता है - आमतौर पर, व्यक्ति की आत्मा - दुनिया के अधिकांश धर्मों में आम है। उन धर्मों में से जिनमें पुनर्जन्म में विश्वास शामिल है, लगभग सभी दो संस्करणों में से एक का समर्थन करते हैं: पुनर्जन्म (मृत्यु का एक निरंतर चक्र और नए शरीर या रूपों में पुनर्जन्म), या एक शाश्वत जीवन, जो स्वर्ग या नरक में घटित होगा। , विचाराधीन व्यक्ति पर निर्भर करता है।

प्रमुख लोग: कैसियोडोरस

संबंधित विषय: पुनरुत्थान लानत हवाइकी आत्मा जहाज आत्मा की नींद

प्राचीन मिस्र में, विशेषकर तीसरी और दूसरी सहस्राब्दी ईसा पूर्व में, जीवित और मृत लोगों के बीच नैतिक समुदाय समाज का एक महत्वपूर्ण हिस्सा था। यह सोचा गया था कि इसके बाद की दुनिया मृतक की कब्र के पास (और इस प्रकार जीवित लोगों के पास), सूर्य देवता के आकाशीय क्षेत्र में, या ओसिरिस के अंडरवर्ल्ड क्षेत्र में स्थित हो सकती है। शाश्वत जीवन के आधुनिक पश्चिमी विचार का पता प्राचीन मेसोपोटामियावासियों से लगाया जा सकता है, जिन्होंने एक पाताल लोक की कल्पना की थी जिसे कभी-कभी अन्य नामों के अलावा अराल्लू, गेंजर या इरकल्ला के नाम से जाना जाता था। जिस तरह स्वर्ग को भौतिक रूप से विश्वासियों के सिर के ऊपर मौजूद माना जाता था, उसी तरह यह माना जाता था कि यह पाताल पृथ्वी की सतह के नीचे मौजूद है। मृतकों की भूमि न तो सुखी थी और न ही डरावनी; यह स्वर्ग का आध्यात्मिक विरोधाभास और पृथ्वी पर जीवन का एक निराशाजनक संस्करण था। फिर भी, जीवित रहते हुए उनके कार्यों की परवाह किए बिना, सभी नश्वर लोग इसके लिए बाध्य थे।

पूर्व-कोलंबियाई सभ्यताएँ: मृत्यु और उसके बाद के जीवन की पौराणिक कथाएँ

अन्य पश्चिमी लोगों ने इस विचार को अपनाया। हिब्रू लोग इस अंडरवर्ल्ड को शीओल ("मृतकों का स्थान") कहते थे; प्राचीन ग्रीस में यह शब्द पाताल लोक था। लेकिन कुछ समय बाद, इन संस्कृतियों ने उन लोगों के लिए दूसरे गंतव्य के विचार को शामिल करके अवधारणा में जटिलता जोड़ दी जो सदाचार से रहते थे। इसके अलावा, मृतकों के लिए मूल गंतव्य उत्तरोत्तर बदतर होता गया, आग और अंधेरे के नरक में तब्दील हो गया। ये दोनों भाग्य इतने चरम थे कि 5वीं शताब्दी ई.पू. तक, अधिकांश व्यक्तियों के लिए एक तीसरा विकल्प स्पष्ट रूप से आवश्यक था, जो सच्चे संतों के शाश्वत पुरस्कारों के योग्य नहीं थे, लेकिन शाश्वत पीड़ा के भी हकदार नहीं थे। इस मुद्दे का समाधान, जो समय के साथ धीरे-धीरे विकसित हुआ, शुद्धिकरण था, एक ऐसा स्थान जहां नैतिक रूप से मध्यस्थ को अंततः स्वर्ग में प्रवेश के लिए स्वीकार्य बनाया जा सकता था

पुनर्जन्म का विचार पश्चिमी ग्रंथों में भी मिलता है। उदाहरण के लिए, कम से कम कुछ प्राचीन यूनानियों-जिनमें सुकरात, पाइथागोरस और प्लेटो शामिल थे-का मानना था कि मृत लोग फिर से जीवित हो जाते हैं। द पोएटिक एडडा (वीरतापूर्ण और पौराणिक कविताओं का 13वीं सदी का आइसलैंडिक संग्रह) बताता है कि वाइकिंग्स भी पुनर्जन्म में विश्वास करते थे। हालाँकि, कर्म और संसार (संस्कृत: "चारों ओर बहना") द्वारा शासित एक चक्र के रूप में मृत्यु और पुनर्जन्म की आधुनिक अवधारणा भारतीय उपमहाद्वीप पर हिंदू धर्म से ली गई है। यह पहली बार उपनिषदों में दर्ज किया गया है, जो 5वीं शताब्दी के मध्य से दूसरी शताब्दी ईसा पूर्व तक रचित हिंदू धर्मग्रंथों का एक सेट है। इन लेखों के अनुसार, प्रत्येक जीवित प्राणी-जिसमें प्रत्येक पौधा, जानवर और देवता शामिल

हैं-अंततः मर जाता है, ताकि उसकी आत्मा एक नए रूप में निवास कर सके। प्राणी किस प्रकार का नया रूप अपनाता है यह उसके पिछले जीवन में किए गए कर्म (शाब्दिक रूप से: "कार्य") पर निर्भर करता है। यह चक्र इसलिए चलता रहता है क्योंकि आत्मा जीने की इच्छा रखती है, ताकि वह जीवन के सुखों का आनंद ले सके।

हालाँकि, उपनिषद सिखाते हैं कि इस दुनिया में आत्मा को किसी भी चीज़ का सामना न करना पड़े, इससे उसे सच्ची शांति नहीं मिलेगी; यह चक्र (संसार) सदैव असंतोषजनक है। अंततः, एक आत्मा खुशी पाने के अपने प्रयासों की निरर्थकता को पहचानती है और अपनी सांसारिक इच्छाओं से मुक्ति के माध्यम से अपनी मुक्ति की तलाश करना शुरू कर देती है। आध्यात्मिक अभ्यास के माध्यम से, व्यक्ति अपने दिव्य स्वभाव को पूरी तरह से समझ जाते हैं और अब अपने शरीर के साथ पहचान नहीं रखते हैं। इस प्रकार अपनी इच्छाओं को ख़त्म करने के बाद, व्यक्तियों का पुनर्जन्म नहीं होता है, बल्कि उन्हें मोक्ष (मृत्यु और पुनर्जन्म के चक्र से मुक्ति) मिलता है। मोक्ष की परिभाषा हिंदू संप्रदाय या हिंदू-व्युत्पन्न धर्म के आधार पर भिन्न होती है, लेकिन ज्यादातर मामलों में इसे एक प्रकार के स्वर्ग के रूप में वर्णित किया जा सकता है।

एडम वोले"
britannica

पुनरुत्थान, एक दिव्य या इंसान का मृतकों में से जी उठना जो अभी भी अपना व्यक्तित्व, या वैयक्तिकता बरकरार रखता है, भले ही शरीर बदला जा सकता है या नहीं। शरीर के पुनरुत्थान में विश्वास आम तौर पर ईसाई धर्म से जुड़ा हुआ है, क्योंकि ईसा मसीह के पुनरुत्थान

के सिद्धांत के कारण, लेकिन यह बाद के यहूदी धर्म से भी जुड़ा है, जिसने बुनियादी विचार प्रदान किए जिन्हें ईसाई धर्म और इस्लाम में विस्तारित किया गया।

ईसाई धर्म यीशु ईस्टर के बाद का जीवन

प्राचीन मध्य पूर्वी धार्मिक विचारों ने एक दिव्य प्राणी (उदाहरण के लिए, बेबीलोन के वनस्पति देवता तम्मुज़) के पुनरुत्थान में विश्वास के लिए एक पृष्ठभूमि प्रदान की, लेकिन मनुष्यों के व्यक्तिगत पुनरुत्थान में विश्वास अज्ञात था। ग्रीको-रोमन धार्मिक विचारों में आत्मा की अमरता में विश्वास था, लेकिन शरीर के पुनरुत्थान में नहीं। प्रतीकात्मक पुनरुत्थान, या आत्मा का पुनर्जन्म, हेलेनिस्टिक रहस्य धर्मों में हुआ, जैसे कि देवी आइसिस का धर्म, लेकिन पोस्टमॉर्टेम शारीरिक पुनरुत्थान को मान्यता नहीं दी गई थी।

ईसाई धर्म: शरीर का पुनरुत्थान

मृतकों के पुनरुत्थान की आशा बाइबिल के कई कार्यों में पाई जाती है। यहेजकेल की पुस्तक में, ऐसी आशा है कि धर्मी इस्राएली मृतकों में से जी उठेंगे। डैनियल की पुस्तक ने धर्मी और अधर्मी दोनों इस्राएलियों को मृतकों में से जीवित करने के साथ पुनरुत्थान की आशा विकसित की, जिसके बाद एक न्याय होगा, जिसमें धर्मी लोग एक शाश्वत मसीहाई साम्राज्य में भाग लेंगे और अधर्मी को बाहर कर दिया जाएगा। कुछ इंटरटेस्टामेंटल साहित्य में, जैसे बारूक के सिरिएक एपोकैलिप्स में, मसीहा के आगमन पर एक सार्वभौमिक पुनरुत्थान की उम्मीद है।

ईसा मसीह का पुनरुत्थान, ईसाई धर्म का एक केंद्रीय सिद्धांत, इस विश्वास पर आधारित है कि ईसा मसीह क्रूस पर चढ़ने के बाद तीसरे दिन मृतकों में से जीवित हो गए थे और उनकी मृत्यु पर विजय के माध्यम से सभी विश्वासी बाद में "पाप" पर उनकी विजय में भाग

लेंगे। मृत्यु, और शैतान।" इस घटना का उत्सव, जिसे ईस्टर या पुनरुत्थान का त्योहार कहा जाता है, चर्च का प्रमुख पर्व है। यीशु के पुनरुत्थान के वृत्तांत चार गॉस्पेल - मैथ्यू, मार्क, ल्यूक और जॉन में पाए जाते हैं - और प्रारंभिक चर्च के सार्वभौमिक दृढ़ विश्वास और आम सहमति की विभिन्न धार्मिक अभिव्यक्तियाँ कि ईसा मसीह मृतकों में से उठे, नए नियम के बाकी हिस्सों में पाए जाते हैं। , विशेष रूप से प्रेरित पॉल के पत्रों में (उदाहरण के लिए, 1 कुरिन्थियों 15)।

हाथी दांत की पट्टिका

 पवित्र कब्रगाह पर तीन महिलाएँ, हाथी दांत, उत्तरी इटली, 10वीं सदी की शुरुआत; मेट्रोपॉलिटन म्यूज़ियम ऑफ़ आर्ट, न्यूयॉर्क शहर में। कुल मिलाकर 19×10.8 सेमी.

 गॉस्पेल वृत्तांतों के अनुसार, कुछ महिला शिष्याएं यीशु की कब्र पर गईं, जो सैनहेड्रिन (सर्वोच्च यहूदी धार्मिक न्यायालय) के सदस्य और यीशु के एक गुप्त शिष्य अरिमथिया के जोसेफ के बगीचे में स्थित थी। उन्होंने पाया कि कब्र को सील करने वाला पत्थर हिल गया है और कब्र खाली है, और उन्होंने पीटर और अन्य शिष्यों को सूचित किया कि यीशु का शरीर वहां नहीं है। बाद में, विभिन्न शिष्यों ने यीशु को यरूशलेम में, यहाँ तक कि एक बंद कमरे में प्रवेश करते हुए भी देखा; वह गलील में भी देखा गया था। (विभिन्न गॉस्पेल में प्रकट होने के स्थानों और अवसरों के विवरण अलग-अलग हैं।) गॉस्पेल में उल्लिखित ऐसे प्रकटनों के अलावा, पुनर्जीवित प्रभु के 40 दिनों तक पृथ्वी पर चलने और उसके बाद स्वर्ग में चढ़ने का विवरण केवल द बुक में पाया जाता है। प्रेरितों के कार्य.

इस्लाम पुनरुत्थान का सिद्धांत भी सिखाता है। सबसे पहले, प्रलय के दिन, सभी मनुष्य मरेंगे और फिर मृतकों में से जीवित हो उठेंगे। दूसरा, प्रत्येक व्यक्ति का न्याय उसके जीवन के रिकॉर्ड के अनुसार किया जाएगा जो दो पुस्तकों में रखा गया है, एक अच्छे कर्मों को सूचीबद्ध करता है, दूसरा बुरे कर्मों को सूचीबद्ध करता है। फैसले के बाद अविश्वासियों को नरक में रखा जाएगा और वफादार मुसलमान स्वर्ग में जाएंगे, जो खुशी और आनंद का स्थान है।

ब्रिटानिका प्रीमियम सदस्यता प्राप्त करें और विशेष सामग्री तक पहुंच प्राप्त करें।

अब सदस्यता लें

 पारसी धर्म बुराई को अंतिम रूप से उखाड़ फेंकने, एक सामान्य पुनरुत्थान, एक अंतिम न्याय और धर्मी लोगों के लिए एक शुद्ध दुनिया की बहाली में विश्वास रखता है।

वर्जीनिया गोरलिंस्की
britannica

بِسۡمِ اللهِ الرَّحۡمٰنِ الرَّحِيۡمِ

اَلۡحَمۡدُ لِلّٰهِ الَّذِىۡۤ اَنۡزَلَ عَلٰى عَبۡدِهِ الۡكِتٰبَ وَلَمۡ يَجۡعَلۡ لَّهٗ عِوَجًا ۜ قَيِّمًا لِّيُنۡذِرَ بَاۡسًا شَدِيۡدًا مِّنۡ لَّدُنۡهُ وَيُبَشِّرَ الۡمُؤۡمِنِيۡنَ الَّذِيۡنَ يَعۡمَلُوۡنَ الصّٰلِحٰتِ اَنَّ لَهُمۡ اَجۡرًا حَسَنًا ۙ مَّاكِثِيۡنَ فِيۡهِ اَبَدًا ۙ وَّيُنۡذِرَ الَّذِيۡنَ قَالُوا اتَّخَذَ اللهُ وَلَدًا ۖ مَّا لَهُمۡ بِهٖ مِنۡ عِلۡمٍ وَّلَا لِاٰبَآئِهِمۡ ۚ كَبُرَتۡ كَلِمَةً تَخۡرُجُ مِنۡ اَفۡوَاهِهِمۡ ؕ اِنۡ يَّقُوۡلُوۡنَ اِلَّا كَذِبًا ۝ فَلَعَلَّكَ بَاخِعٌ نَّفۡسَكَ عَلٰۤى اٰثَارِهِمۡ اِنۡ لَّمۡ يُؤۡمِنُوۡا بِهٰذَا الۡحَدِيۡثِ اَسَفًا ۝ اِنَّا جَعَلۡنَا مَا عَلَى الۡاَرۡضِ زِيۡنَةً لَّهَا لِنَبۡلُوَهُمۡ اَيُّهُمۡ اَحۡسَنُ عَمَلًا ۝ وَاِنَّا لَجَاعِلُوۡنَ مَا عَلَيۡهَا صَعِيۡدًا جُرُزًا ۝ اَمۡ حَسِبۡتَ اَنَّ اَصۡحٰبَ الۡكَهۡفِ وَالرَّقِيۡمِ ۙ كَانُوۡا مِنۡ اٰيٰتِنَا عَجَبًا ۝ اِذۡ اَوَى الۡفِتۡيَةُ اِلَى الۡكَهۡفِ فَقَالُوۡا رَبَّنَاۤ اٰتِنَا مِنۡ لَّدُنۡكَ رَحۡمَةً وَّهَيِّئۡ لَنَا مِنۡ اَمۡرِنَا رَشَدًا ۝

पवित्र कुरआन में

अल-कहफ़ नामक एक सूरा में सात शयन करने वालों की गुफा का उल्लेख है। कहानी एक स्थानीय बुतपरस्त शासक द्वारा उत्पीड़न से बचने वाले युवकों के एक समूह की चिंता करती है जो एक गुफा में सो जाते हैं।

" इस्लामिक संस्करण कुरान के सूरह (अध्याय) अल-कहफ (18, "द केव") से संबंधित है। पैगंबर मुहम्मद के समय में, मदीना के यहूदियों ने उन्हें चुनौती दी थी कि वे उन्हें सोने वालों की कहानी बताएं, यह जानते हुए कि अरबों में से कोई भी इसके बारे में नहीं जानता था। परंपरा के अनुसार, अल्लाह ने सूरह अल-कहफ के माध्यम से कहानी को प्रकट करने के लिए स्वर्गदूत गेब्रियल (या जिब्रील) को भेजा। उससे यह सुनने के बाद, यहूदियों ने पुष्टि की कि उसने वही कहानी सुनाई जो वे जानते थे।

मोहम्मद को मक्का के लोगों द्वारा चुनौती दी गई थी, जो उनके संदेश और भविष्यवक्ता पर विश्वास नहीं करते थे, इस सवाल से कि मक्का के लोग यहूदियों से उनके पास गए थे। यहूदियों को पता था कि मोहम्मद कहानी तभी बता पाएंगे जब वह वास्तव में पैगंबर होंगे। यहूदियों ने मक्का के गैर-विश्वासियों से मोहम्मद से पूछने के लिए कहा "गायब होने वाले युवा कौन हैं, और वे कितने थे?"। मोहम्मद के पास कोई सुराग नहीं था और उन्होंने कहा कि वह उन्हें कल जवाब देंगे, गेब्रिल के माध्यम से उनके सामने आने वाले जवाब का इंतजार कर रहे हैं। हालाँकि, उत्तर मोहम्मद को सात सोने वालों की गुफा (अल-कहफ़) के नाम पर एक पूर्ण सूरा में पता चला था। कुरान ने सटीक कहानी का खुलासा किया जो यहूदियों को पता था, और इसने

उन सवालों के जवाब दिए (कितने युवा थे, और कितने वर्षों तक गायब रहे) इसी तरह उनके पास जो जानकारी थी। कुरान ने पुष्टि की कि वे 309 साल तक सोए, जिसके बारे में यहूदी जानते हैं। हालांकि कुरान ने इस बात का सटीक उत्तर नहीं दिया कि वे कितने थे। इसमें उल्लेख किया गया है कि कुछ लोग एक कुत्ते के अलावा 3 या 5 या 7 बताते हैं। यहूदियों को ठीक से पता नहीं था कि वे 3 या 5 या 7 कितने थे, और जब वे जानते थे कि कुरान सोने वालों के लिए उन सभी संभावित संख्याओं को बताता है, तो वे चकित रह गए।

कुरान में कहानी का उल्लेख और कहानी को प्रकट करने से पहले हुई समवर्ती घटनाओं की पुष्टि करने का दावा किया जाता है कि कुरान अल्लाह द्वारा प्रकट किया गया था और इसमें केवल अल्लाह के शब्द हैं और मोहम्मद के शब्द नहीं हैं, क्योंकि इसमें ऐसी जानकारी है जो मोहम्मद को नहीं पता था ।

कुरान में कहा गया है कि इन सोने वालों ने गुफा में बिताए समय की अवधि तीन सौ वर्ष थी, जिसके दौरान उनके लोगों का कैलेंडर सौर से चंद्र में बदल दिया गया था और

परिणामस्वरूप, उनकी नींद की अवधि बढ़कर 309 (चंद्र) हो गई है।)
वर्षों। जब वे जागे तो उन्हें पता नहीं था कि वे सदियों तक सोए रहे
और उन्होंने सोचा कि वे केवल कुछ ही घंटे सोए हैं। जब उन्होंने उनमें
से एक को भोजन खरीदने के लिए भेजा, तो जिन सिक्कों से वह
भोजन खरीदता था, वे चलन से बाहर हो गए और शहर के लोगों का
ध्यान आकर्षित किया। कहानी व्यापक रूप से ज्ञात होने के बाद,
सोने वालों की मृत्यु हो गई। कुरआन के 18वें अध्याय सूरह अल
कहफ़ की 18वीं आयत में भी सोने वालों में एक कुत्ते का ज़िक्र है।
जब तक वे सोए हुए थे, तब तक तू उन्हें जागता ही समझता, और हम
उन्हें उनके दाएँ और बाएँ करवटें फेर देते थे; निश्चित रूप से उड़ान में
उनके पास से वापस आ गया, और निश्चित रूप से उनके आतंक से
भर गया होगा।

(सूरह कहफ़, कुरआन: 18)

सूरह अल कहफ़ की नौवीं आयत इस समूह की असाधारण स्थिति को
छूती है। जैसा कि कथा सामने आती है, यह देखा जाता है कि उनके
अनुभव असामान्य और आध्यात्मिक प्रकृति के हैं। उनका पूरा जीवन
चमत्कारी विकास से भरा है। दसवीं आयत हमें बताती है कि उन
नौजवानों ने मौजूदा दमनकारी व्यवस्था से गुफा में शरण ली, जिसने
उन्हें अपने विचार व्यक्त करने, सच बोलने और अल्लाह के धर्म को
बुलाने की अनुमति नहीं दी। इस प्रकार, उन्होंने खुद को अपने समाज
से दूर कर लिया।

क्या आप मानते हैं कि गुफा के साथी और अर-रकीम हमारे चिन्हों में सबसे उल्लेखनीय थे? जब नौजवानों ने गुफा में शरण ली और कहा: 'हमारे भगवान, हमें सीधे अपनी दया दें और हमारे लिए हमारी स्थिति में सही मार्गदर्शन का रास्ता खोल दें। (सूरह अल कहफ, कुरान: 9-10)

तो हमने गुफा में कई वर्षों तक उनके कानों को नींद से बंद कर दिया। फिर हमने उन्हें फिर से जगाया, ताकि हम देख सकें कि दोनों गिरोहों में से कौन उस समय का हिसाब बेहतर ढंग से लगा सकता है, जब वे वहाँ ठहरे थे। (सूरह अल कहफ़, कुरआन: 11-12)

नींद की इस स्थिति का कारण उनका भाग्य और शांति के प्रति समर्पण था, क्योंकि अल्लाह, विश्वासियों के लाभ के लिए सब कुछ व्यवस्थित करता है।

कुरान यह भी कहता है कि सोने वालों की संख्या अल्लाह को पता होगी, और केवल कुछ मुट्ठी भर लोगों को। यह उल्लेख नहीं किया गया है कि सात स्लीपर थे।

वे कहेंगे: "उनमें से तीन थे, उनका कुत्ता चौथा था।" और वे कहेंगे, "उनमें से सात थे, आठवाँ उनका कुत्ता था।" कह दो, "मेरा रब ही उनकी संख्या को भली-भाँति जानता है।" उनके बारे में जाननेवाले बहुत कम हैं।' अतः उनके बारे में किसी विवाद में न पड़ो, सिवाय इसके कि जो स्पष्ट रूप से ज्ञात हो। और उनके बारे में उनमें से किसी की राय मत लो। (सूरत अल कहफ, कुरान: 22)"

संदर्भ - स्पेन

तफ्सीर तर्जुमन अल-कुरान
मौलाना अबुल कलाम आजाद

संक्षिप्त परिचय – मौलाना अबुल कलाम आज़ाद या अबुल कलाम गुलाम मुहियुद्द्दीन का जन्म 11 नवंबर, 1888 को मक्का में हेजाज़, ऑटोमन साम्राज्य (वर्तमान सउदी अरब) हुआ था। मृत्यु 22 फरवरी, 1958 में दिल्ली, भारत में हुई थी।

एक प्रसिद्ध भारतीय मुस्लिम विद्वान थे। वे कवि, लेखक, पत्रकार और भारतीय स्वतंत्रता सेनानी थे। भारत की आजादी के बाद वे एक महत्त्वपूर्ण राजनीतिक पद पर रहे। वे महात्मा गांधी के सिद्धांतो का समर्थन करते थे। खिलाफत आंदोलन में उनकी महत्वपूर्ण भूमिका रही। 1923 में वे भारतीय राष्ट्रीय कांग्रेस के सबसे कम उम्र के प्रेसीडेंट बने। वे 1940 और 1945 के बीच कांग्रेस के प्रेसीडेंट रहे। आजादी के बाद वे भारत के उत्तर प्रदेश राज्य के रामपुर जिले से 1952 में सांसद चुने गए और वे भारत के पहले शिक्षा मंत्री बने।

तेरह साल की आयु में उनका विवाह जुलैखा बेग़म से हो गया। वे सलाफी (देवबन्दी) विचारधारा के करीब थे और उन्होंने कुरान के अन्य भावरूपों पर लेख भी लिखे। आज़ाद ने अंग्रेज़ी समर्पित स्वाध्याय से सीखी और पाश्चात्य दर्शन को बहुत पढ़ा।[उद्धरण चाहिए] उन्हें मुस्लिम पारम्परिक शिक्षा को रास नहीं आई और वे आधुनिक शिक्षावादी सर सैय्यद अहमद खाँ के विचारों से सहमत थे।

सूरह अल कहफ **18**, आयत **9-26**

असहाब-ए-कहफ़

ईसाई धर्म की प्रारंभिक शताब्दियों में, कई

ईमानदार ईसाइयों ने, अपने आसपास की गैर-ईसाई आबादी द्वारा उनके साथ किए जाने वाले निर्दयी व्यवहार से निराश होकर, दुनिया के एकांत कोनों में शरण ली थी, और

साधुओं का जीवन व्यतीत किया था; इतना कि, उनमें से बहुत से लोग अपनी मृत्यु तक कई शरण स्थानों में रहते रहे। उनके निधन के काफ़ी समय बाद ही उनके कंकाल आये

उन लोगों की सूचना जो इन स्थानों पर गए थे। वास्तव में, खोजें एशिया माइनर में एंटिओक और इफिसस के आसपास के क्षेत्र में की गईं।"

प्रश्न यह उठता है कि इस अध्याय में वर्णित घटना वास्तव में कहाँ घटित हुई। कुरान घटना के स्थान को काहफ और अल- रकीम के रूप में भी संदर्भित करता है। प्रारंभिक मुसलमानों की दूसरी पीढ़ी, ताबीन ने रकीम को एक शहर का नाम माना।

चूँकि कोई भी इस नाम वाले किसी शहर को नहीं जानता था, कुरान के कई शुरुआती टिप्पणीकारों ने व्युत्पत्ति के अनुसार इस शब्द का अर्थ लिया। अल-रगिम का शाब्दिक अर्थ है जो लिखा या अंकित

किया गया है। कुछ टिप्पणीकारों ने सोचा कि अल-रगिम शब्द का इस्तेमाल शायद इसलिए किया गया था क्योंकि संदर्भ के तहत गुफा के प्रवेश द्वार पर कुछ तख्तियां

लगाई गई थीं, जो वहां रहने वाले लोगों का कुछ विवरण देती थीं। इस प्रकार असहाब अल-काहफ को शिलालेख के लोगों,

असहाब अल-रकीम के रूप में जाना जाने लगा।

अल-रकीम

यदि प्रारंभिक टिप्पणीकारों ने केवल तोरा से

परामर्श किया होता, तो उन्होंने पाया होता कि इस अध्याय में उल्लिखित शब्द रकीम, तोरा में वर्णित रकीम शब्द के समान

है। रकीम एक शहर का मूल नाम था, जिसे बाद में पेट्रा कहा जाने लगा या अरब लोग इसे बेत्रा कहते थे।

प्रथम विश्व युद्ध के बाद किए गए पुरातात्विक शोध से पता चला है कि ईसाई युग की दूसरी शताब्दी के दौरान फेट्रा नाम के एक शहर का अस्तित्व था, जैसा कि आगे के

शोध से पता चला है, इसके पहले के इतिहास में इसका नाम रकीम था। . पेट्रा का नाम इसे रोमनों द्वारा मिस्र और फिलिस्तीन की विजय के बाद दिया गया था,

जब रैगिम शहर कई ईसाई चर्चों और रोमन थिएटरों से भरी आबादी के एक बड़े केंद्र के रूप में विकसित हुआ था।

यह   शहर   एक   ऊंची   भूमि   पर   स्थित   था।

मौलाना आज़ाद पारंपरिक उर्दू शब्द का उपयोग करते हैं। रम जिसका अर्थ है

पूर्वी रोमन सामराज्य. अन्ताकिया अब सीरिया में है।

सिनाई प्रायद्वीप के उत्तर में. छठी शताब्दी ई. में जब अरबों ने इस क्षेत्र पर कब्ज़ा किया तो इसे पेट्रा शहर के नाम से जाना जाता था, जिसे अरब लोग बेत्रा कहते थे।

गौरतलब है कि उस समय बहुत कम लोग थे, जो इसे इसके पहले नाम रकीम से जानते थे।

इस शहर के नजदीक, यह पाया गया है कि वहाँ विशाल लंबी गुफाओं की एक श्रृंखला थी। इनमें से एक गुफा के आसपास खुदाई में प्राचीन संरचनाओं के खंडहर मिले हैं,

जिनमें से एक संभवतः पूजा स्थल था।

चूंकि गुफा के निवासियों से जुड़े इस खंडहर शहर का नाम कभी रकीम था, इसलिए कुरान के शुरुआती टिप्पणीकारों की ओर

से रागिम शब्द देना एक बेकार उद्यम था, जैसा कि अध्याय में होता है, एक गोली या शिलालेख का भाव। जैसा कि ऊपर बताया गया है, रकीम शब्द का अर्थ शहर रकीम से लिया जाना चाहिए, जिसे बाद में रोमनों द्वारा पेट्रा कहा जाता था और अरबों द्वारा बेत्रा

के रूप में उच्चारित किया जाता था, जो नाबाइट्स जनजाति द्वारा बसाया गया शहर था।

गुफा के निवासियों की कहानी नाबियों और अरबों के बीच लंबे व्यापारिक संबंधों के माध्यम से, मक्का अरबों को पहले

से ही धुंधली रूप में ज्ञात थी। हालाँकि, कहानी का वास्तविक महत्व उन्हें तब तक समझ में नहीं आया जब तक कि कुरान ने उनकी यादों को पुनर्जीवित नहीं किया और उन्हें इसकी कहानी से सबक लेने के लिए नहीं कहा।

वास्तविक कहानी

श्लोक 9 स्पष्ट रूप से बताता है कि गुफा के निवासियों की कहानी को एक अद्भुत घटना माना जाता था; यहाँ तककि, ऐसे लोग भी थे जिन्होंने पैगंबर से पूछा कि वास्तव में यह

क्या था। रहस्योद्घाटन ने श्लोक 10 से 12 में संक्षेप में इस तथ्य का खुलासा किया। यह पहले ही बताया जा चुका है कि

ईसाई धर्म के शुरुआती दिनों में, कई युवा जो ईसाई धर्म की बुराई में विश्वास करते थे, उन्होंने उत्पीड़न से बचने के लिए एक गुफा में शरण ली थी। उनके लोगों में से, जो ईसा मसीह की शिक्षाओं के विरोधी थे। इस प्रकार ये नवयुवक अपने लोगों से कटे हुए, वर्षों तक उनकी शरणस्थली में रहे।

पता चलता है कि दोनों समूहों में से प्रत्येक - एक गुफा में रहने वाला और दूसरा जो शहर में रहता था, एक पवित्रता के जीवन के लिए

समर्पित था, और दूसरा समूह जो शहर में रहने वाले अपने-अपने तरीके से दुष्टता का मार्ग अपनाता था - उसने वही प्राप्त किया जो उसने किया था। बोया था. शहर में दुष्ट लोगों का स्थान अंततः उन लोगों ने ले लिया, जो धार्मिकता के मार्ग में विश्वास करते थे और

ईसाई बन गए। इसी अवस्था में गुफा के निवासी एक बार फिर शहर में रहने

वाले लोगों के संपर्क में आये। गुफा के निवासी नगरवासियों के लिए इतने अज्ञात थे कि उनके साथ सामाजिक संबंधों में उनका पुनः प्रवेश ऐसा लगता था मानो वे पुनर्जीवित

हो गए हों।

लेकिन फिर से सुखियों में आने के बावजूद, जिन लोगों ने इस गुफा में शरण ली थी, वे अपना स्वयं का थोपा हुआ तपस्वी जीवन जीते रहे।

गुफा उनके रहने के लिए काफी विशाल थी और यद्यपि सूर्य की सीधी किरणें इसमें प्रवेश नहीं कर सकती थीं, फिर भी यह इस प्रकार बनी थी कि हवा इसमें से

स्वतंत्र रूप से गुजर सकती थी। गुफावासियों के पास अपने साथी के लिए एक कुत्ता था। जिस तरह से उन्होंने आस्था का

दृढ़ता से पालन किया, उससे शहर के लोगों ने प्रशंसा की, जिसके परिणामस्वरूप गुफा उनके लिए तीर्थ स्थान बन गई। दरअसल उन्होंने गुफा के पास ही एक मंदिर बनाने का विचार किया।

गुफा के निवासियों ने वहां रहने के दौरान अपना समय किस प्रकार व्यतीत किया? इस संबंध में, कुरान में उल्लेख है: "(बाहरी दुनिया से) बहुत कम उनके कानों तक पहुंचता है।" भाव यह है कि वे ऐसी स्थिति में थे, जिसमें उन्हें गुफा के बाहर या बाहरी दुनिया में क्या हो रहा था, इसकी कोई खबर नहीं हो सकती थी। लेकिन टिप्पणीकारों का कहना है कि यह एक आलंकारिक अभिव्यक्ति है जिसका अर्थ है 'नींद में खोया हुआ।',

तथ्य यह है कि गुफा के निवासियों की कहानी, जैसा कि मूल रूप से बताया गया था, का प्रभाव यह था कि गुफा के निवासी लंबी नींद में सो गए थे; और इससे मुद्रा प्राप्त हुई।

कहानी के पहले वर्णनकर्ता सिनाई के नबीते थे, इस संदर्भ में कुरान की अभिव्यक्ति, "हमने उन्हें एक बार फिर से सामने लाया,"का अर्थ यह होना चाहिए कि, 'वे जाग गए।' शारीरिक दृष्टि से,

---

जैसा कि चिकित्सा विज्ञान ने माना है, कुछ मामलों में अनिश्चित काल तक लंबी नींद संभव है। लेकिन कुरान विशेष रूप से इसका सुझाव नहीं देता है। इसलिए इस संबंध में कोई स्पष्ट दावा करना जोखिम भरा है।

श्लोक 18 पर शानदार ढंग से टिप्पणी की गई है।

यह चलता है: और कोई उन्हें जागते हुए समझ सकता है, जबकि वे सो रहे थे और हम उन्हें कभी दाहिनी ओर और कभी बाईं ओर घुमा रहे थे, जबकि उनका कुत्ता पंजे फैलाए

प्रवेश द्वार पर लेटा हुआ था। यदि कोई अचानक उनके पास आ जाता, तो वह निश्चित ही भय से भरकर भागकर उनकी ओर लौट जाता।

कुरान के आरंभिक टिप्पणीकारों को इस तथ्य की पूरी जानकारी नहीं थी, कि यह कहानी ईसाई युग की पहली शताब्दी

के ईसाइयों के जीवन से संबंधित है, जब उन लोगों द्वारा उत्पीड़न किया गया था, जो ईसा मसीह के संदेश के विरोधी थे। बुरा तपस्वी बन गया और गुफाओं जैसे सुरक्षित स्थानों में शरण ली। जैसा कि पहले ही संकेत दिया जा चुका है, संदर्भाधीन गुफा के निवासियों ने कस्बों में रहने वाले मानव समाज से खुद को स्थायी रूप से अलग कर लिया था और अंत में उनकी मृत्यु हो गई, जिसके परिणामस्वरूप उनकी लाशें उसी अवस्था में पड़ी रहीं जिसमें वे समाप्त हो गए थे। इनमें से कुछ लाशों को पीठ के बल, या करवट के बल लेटे हुए देखा गया होगा, और उनमें से कुछ की आँखें खुली हुई थीं, वैसे ही जैसे वे लेटे हुए थे जब उनकी मृत्यु हुई थी। जो लोग इन गुफाओं के पास से गुजरे उनमें से कुछ ने इन्हें अभी भी जीवित मान लिया होगा। लेकिन इस बात का कोई कारण नहीं था कि कुरान के शुरुआती टिप्पणीकारों को भी इसी तरह का अवलोकन करना चाहिए था और अपनी कल्पना से गुफा के निवासियों के लिए राज्यों की विविधता को सामने रखना चाहिए था, जिसकी कहानी कुरान में वर्णित है। एक। उन्हें पता होना चाहिए था कि कुरान उनकी कहानी का हवाला देकर ईसाइयों के शुरुआती समूह की एक तस्वीर पेश करता है, जिन्होंने संकल्प लिया था। सत्य के लिए वीरतापूर्वक कठिनाइयों को सहन करना।

यह वह पाठ है जिस पर कुरान का उद्देश्य इस्लाम के पैगंबर के अनुयायियों के लाभ के लिए ध्यान आकर्षित करना है। इस कहानी

से आगे कुछ भी पढ़ना स्पष्ट रूप से अनुचित है। अधिक से अधिक यह कहानी ईसाई धर्म में मठवासी प्रथा की उत्पत्ति की तस्वीर देती है, जिसे निम्नलिखित मानक कार्यों में दिए गए विवरणों में इसकी संपूर्णता में देखा जा सकता है।

(1) पवित्र पिताओं का स्वर्ग या उद्यान, ई.ए.डब्ल्यू. द्वारा। बज..

(2) द इवोल्यूशन ऑफ द मोनास्टिक आइडियल, एच. वर्कमैन द्वारा।

(3) धर्म की पाँच शताब्दियाँ, द्वारा। जी.बी. कूल्टन।

(4) मध्यकालीन मन, एच.ओ. द्वारा। टेलर.

बाइबल में सात स्लीपरों का उल्लेख है?

हालाँकि ईसाई धर्म में सात स्लीपर महत्वपूर्ण हैं, लेकिन वे बाइबिल में नहीं दिखाई देते हैं । वे बाद के ग्रंथों में उस समय दिखाई देते हैं जब ईसाई धर्म पहले से ही स्थापित था। यह सच है कि रोमन साम्राज्य ने 312 ई. में सम्राट कॉन्स्टेंटाइन के ईसाई धर्म में परिवर्तित होने से पहले ईसाइयों के खिलाफ उत्पीड़न किया था।

स्लीपरों के बारे में बाइबल क्या कहती है?

इफिसियों 5:10-16 "हे सोनेवाले, जाग, मुर्दों में से जी, तो मसीह का प्रकाश तुझ पर चमकेगा।" इसलिए, सावधान रहो कि तुम कैसी चाल चलते हो - मूर्खों की तरह नहीं बल्कि बुद्धिमानों की तरह चलो, हर अवसर को बहुमूल्य समझो, क्योंकि दिन बुरे हैं।" आज हर जगह सभी ईसाइयों के लिए एक जागृति का आह्वान है।

इफिसुस के सात स्लीपर, एक प्रसिद्ध किंवदंती के नायक, जो मृतकों के पुनरुत्थान की पुष्टि करता है, जिसकी मध्य युग के दौरान ईसाई धर्म और इस्लाम में स्थायी लोकप्रियता थी। कहानी के अनुसार, रोमन सम्राट डेसियस के तहत ईसाइयों के उत्पीड़न (250 ई.) के दौरान, सात (या कुछ संस्करणों में आठ) ईसाई सैनिकों को उनके मूल शहर इफिसुस के पास एक गुफा में छिपा दिया गया था, जिसके प्रवेश द्वार को बाद में बंद कर दिया गया था। वहाँ, खुद को बुतपरस्त बलिदान करने के लिए मजबूर होने से बचाने के बाद, वे एक चमत्कारिक नींद में सो गए। पूर्वी रोमन सम्राट थियोडोसियस द्वितीय के शासनकाल (408-450 ई.) के दौरान, गुफा को फिर से खोल दिया गया, और स्लीपर जाग गए। सम्राट उनकी चमत्कारी उपस्थिति और शरीर के पुनरुत्थान के उनके ईसाई सिद्धांत के प्रति उनकी गवाही से प्रभावित हुए। अपने अनुभव का गहरा अर्थ समझाने के बाद, सातों की मृत्यु हो गई, जिसके बाद थियोडोसियस ने उनके अवशेषों को समृद्ध रूप से संरक्षित करने का आदेश दिया, और उन्होंने उन सभी बिशपों को दोषमुक्त कर दिया, जिन्हें पुनरुत्थान में विश्वास करने के लिए सताया गया था।

ईसाई धर्मशास्त्र का एक पवित्र रोमांस, किंवदंती कई भाषाओं में कई संस्करणों में मौजूद है। कुछ विद्वान शिमोन मेटाफ्रेस्टस द्वारा एक ग्रीक खाते को किंवदंती के स्रोत के रूप में बताते हैं। अन्य संस्करणों में सेंट ग्रेगरी ऑफ़ टूर्स द्वारा एक लैटिन खाता और जैकब ऑफ़ सेरुघ द्वारा एक सिरिएक संस्करण शामिल है, जिससे कॉप्टिक और जॉर्जियाई खाते उत्पन्न हुए होंगे। कहानी एक एंग्लो-नॉर्मन कविता और एक पुराने नॉर्स अंश में भी मिलती है। पश्चिमी परंपरा सात स्लीपर्स को मैक्सिमियन, माल्चस, मार्सियन, जॉन, डेनिस,

सेरापियन और कॉन्स्टेंटाइन कहती है इस कहानी का एक संस्करण कुरान की 18वीं सूरा में वर्णित है, जिसे "गुफा की सूरा" (सूरत अल-कहफ) कहा जाता है।

सात स्लीपर जिसे ईसाई धर्म में इफिसुस के सात स्लीपर के रूप में भी जाना जाता है, और इस्लाम में अशाब अल-काफ के रूप में, शाब्दिक रूप से गुफा के साथी, एक देर से प्राचीन ईसाई किंवदंती और एक इस्लामी कुरान कहानी है। ईसाई किंवदंती युवाओं के एक समूह के बारे में बताती है, जो ईसाइयों के रोमन उत्पीड़न से बचने के लिए लगभग 250 ईस्वी में इफिसुस (आधुनिक सेल्कुक, तुर्की) शहर के बाहर एक गुफा के अंदर छिप गए थे और कई साल बाद बाहर निकले। कहानी का कुरानिक संस्करण सूरा 18 (18:9–26) में दिखाई देता है।

कहानी कहती है कि रोमन सम्राट डेसियस द्वारा उत्पीड़न के दौरान, लगभग 250 ई. में, सात युवकों पर ईसाई धर्म का पालन करने का आरोप लगाया गया था। उन्हें अपने विश्वास को त्यागने के लिए कुछ समय दिया गया था, लेकिन उन्होंने रोमन मूर्तियों के आगे झुकने से इनकार कर दिया। इसके बजाय उन्होंने अपनी सांसारिक संपत्ति गरीबों को देने और प्रार्थना करने के लिए एक पहाड़ी गुफा में जाने का विकल्प चुना, जहाँ वे सो गए। सम्राट ने देखा कि बुतपरस्ती के प्रति उनका रवैया नहीं सुधरा था, इसलिए उन्होंने गुफा के मुहाने को सील करने का आदेश दिया।

251 में डेसियस की मृत्यु हो गई, और कई साल बीत गए, जिसके दौरान ईसाई धर्म सताए जाने से रोमन साम्राज्य का राजकीय धर्म बन गया। कुछ समय बाद - आमतौर पर थियोडोसियस II (408-450) के शासनकाल के दौरान - 447 ईस्वी में जब ईसाई धर्म के विभिन्न स्कूलों के बीच न्याय के दिन शरीर के पुनरुत्थान और मृत्यु के बाद जीवन के बारे में गरमागरम चर्चा हो रही थी, एक जमींदार ने गुफा के

सीलबंद मुंह को खोलने का फैसला किया, यह सोचकर कि इसे मवेशियों के बाड़े के रूप में इस्तेमाल किया जाए। उसने इसे खोला और अंदर सोए हुए लोगों को पाया। वे जाग गए, यह सोचकर कि वे एक दिन ही सोए थे, और अपने एक साथी को इफिसुस में भोजन खरीदने के लिए भेजा, साथ ही सावधान रहने के निर्देश दिए।

शहर में पहुंचने पर, यह व्यक्ति क्रॉस से जुड़ी इमारतों को देखकर चकित रह गया; शहरवासी अपने हिस्से के लिए एक व्यक्ति को डेसियस के शासनकाल के पुराने सिक्कों को खर्च करने की कोशिश करते हुए देखकर चकित थे। सोए हुए लोगों का साक्षात्कार करने के लिए बिशप को बुलाया गया; उन्होंने उसे अपनी चमत्कारिक कहानी सुनाई, और परमेश्वर की स्तुति करते हुए मर गए।

ग्रीक और अन्य गैर-लैटिन भाषाओं में सात स्लीपर्स के विभिन्न जीवन को BHO में सूचीबद्ध किया गया है।

यहूदी और ईसाई संस्करण

प्रारंभिक संस्करण सभी स्लीपर्स की संख्या पर सहमत नहीं हैं या उन्हें निर्दिष्ट भी नहीं करते हैं। कुछ यहूदी मंडलियाँ और नज़रान के ईसाई केवल तीन भाइयों में विश्वास करते थे; पूर्वी सीरियाई, पाँच। अधिकांश सीरियाई खातों में आठ हैं, जिनमें एक अनाम पहरेदार भी शामिल है जिसे भगवान स्लीपर्स के ऊपर नियुक्त करते हैं। 6वीं शताब्दी के लैटिन पाठ जिसका शीर्षक "थियोडोसियस की तीर्थयात्रा"[स्पष्टीकरण की आवश्यकता है] स्लीपर्स की संख्या सात लोगों के रूप में दिखाई गई है, जिसमें विरिकनस नाम का एक कुत्ता भी शामिल है।

बार्टोलोमिएज ग्रिसा ने स्लीपरों के लिए नामों के कम से कम सात अलग-अलग सेटों की सूची दी है: मैक्सिमियन, मार्टिनियन, डायोनिसियस, जॉन, कॉन्स्टेंटाइन, माल्चस, सेरापियन मैक्सिमिलियन, मार्टिनियन, डायोनिसियस, जॉन, कॉन्स्टेंटाइन, मल्खस, सेरापियन, एंथोनी मैक्सिमिलियन, मार्टिनियन, डायोनिसियस, जॉन, कॉन्स्टेंटाइन, याम्बलिख (इम्बलिचस), एंथोनी मकिमिलिना (मैक्सिम)। इलिना, मासिमिलिना), मार्नुश (मारूस), कफशायत्युश (क्सोनोस), यमलीदा (यमनीह), मिस्लिना, साओनुश, डाब्रानुश (बिरोनोस), समोनोस, बुटोनोस, कलोस (अट-तबरी और एड-दमिरी के अनुसार)

अचिलिडेज़, प्रोबेटस, स्टेफ़नस, संबाटस, क्विरियाकस, डायोजेनस, डायोमेडिस (ग्रेगरी ऑफ़ टूर्स के अनुसार)

इकिलिओस, फ्रुक्टिस, इस्तिफ़ानोस, सेबस्टोस, किरियाकोस, डायोनिसियोस (माइकल द सीरियन के अनुसार)

अर्शेलिटिस, प्रोबेटियोस, सब्स्टियोस, स्टेफ़ानोस, किरियाकोस, डायोमेटियोस, अवेनियोस (कॉप्टिक संस्करण के अनुसार)

ईसाई विवरण

सोने वालों के सोने के वर्षों की संख्या भी विवरणों के बीच भिन्न होती है। ग्रेगरी ऑफ़ टूर्स द्वारा दी गई उच्चतम संख्या 373 वर्ष थी। कुछ विवरणों में 372 हैं। जैकोबस डी वोरागिन ने इसकी गणना 196 (वर्ष 252 से 448 तक) की। अन्य गणनाएँ 195 का सुझाव देती हैं।

इस्लामी विवरण

कुरान सहित इस्लामी विवरण 309 वर्षों की नींद देते हैं। इसका मतलब यह है कि उन्हें अपने स्वयं के अलावा किसी भी चीज़ के बारे में पता नहीं था। वे अपनी गतिविधियों में लिप्त थे और दुनिया भर की किसी भी चीज़ के बारे में नहीं जानते थे। ये संभवतः चंद्र वर्ष हैं, जो इसे 300 सौर वर्ष बनाते हैं। कुरान 18:25 कहता है, "और वे तीन सौ साल तक अपनी गुफा में रहे और नौ साल से अधिक हो गए।"

यह कहानी 16वीं सदी के प्रोटेस्टेंट संस्कृति में कहावत बन गई थी। कवि जॉन डोने पूछ सकते थे,

मुझे आश्चर्य है, मेरी सच्चाई से, तुम और मैं

क्या करते थे, जब तक हम प्यार नहीं करते थे? क्या तब तक हम दूध छुड़ाए नहीं गए थे?

लेकिन बचपन में देश के सुखों को चूसते थे?

या हम सात स्लीपर्स की मांद में सूँघते थे? - जॉन डोने, "द गुड-मॉरो"।

जॉन हेवुड के नाटक फोर पीपी (1530 के दशक) में, पार्डनर, चौसर के "द पार्डनर टेल" में नायक का पुनर्जागरण अद्यतन, अपने साथियों को "सात स्लीपर्स में से एक की चप्पल" चूमने का अवसर प्रदान करता है, लेकिन अवशेष को पार्डनर की अन्य पेशकशों की तरह ही बेतुके ढंग से प्रस्तुत किया गया है, जिसमें "ट्रिनिटी का बड़ा पैर का अंगूठा" और "पेंटेकोस्ट की एक नितंब की हड्डी" शामिल है।

ज्ञानोदय के दौरान सात स्लीपर्स के बारे में बहुत कम सुना जाता है, लेकिन रोमांटिकवाद के आने के साथ ही यह विवरण पुनर्जीवित हो

गया। गोल्डन लीजेंड थॉमस डी क्विंसी के कन्फेशंस ऑफ़ एन इंग्लिश ओपियम-ईटर, गोएथे की एक कविता, वाशिंगटन इरविंग के "रिप वैन विंकल", एच. जी. वेल्स के द स्लीपर अवेक में सात स्लीपर्स के पुनर्कथन का स्रोत हो सकता है। इसका "पहाड़ में सो रहे राजा" के मूल भाव पर भी प्रभाव हो सकता है। मार्क ट्वेन ने द इनोसेंट्स अब्रॉड के खंड 2 के अध्याय 13 में सात स्लीपर्स की कहानी का एक व्यंग्यात्मक चित्रण किया।

समकालीन

एडवर्ड गिब्बन ने द हिस्ट्री ऑफ़ द डिक्लाइन एंड फॉल ऑफ़ द रोमन एम्पायर में कहानी के अलग-अलग विवरण दिए हैं।

सर्बियाई लेखक डैनिलो किश ने अपनी पुस्तक द इनसाइक्लोपीडिया ऑफ़ द डेड से एक छोटी कहानी, "द लीजेंड ऑफ़ द स्लीपर्स" में सात स्लीपर्स की कहानी को फिर से बताया है।

इतालवी लेखक एंड्रिया कैमिलेरी ने अपने उपन्यास द टेराकोटा डॉग में कहानी को शामिल किया है जिसमें नायक को एक गुफा में ले जाया जाता है जिसमें नाममात्र का प्रहरी कुत्ता (जैसा कि कुरान में वर्णित है और सिसिली लोककथाओं में "काइटमिर" कहा जाता है) और चांदी के सिक्कों की तशतरी होती है जिससे स्लीपर्स में से एक को इफिसुस के बाज़ार से "शुद्ध भोजन" खरीदना होता है (कुरान 18.19)। सात स्लीपर्स को प्रतीकात्मक रूप से प्रेमी लिसेटा मोस्कैटो और मारियो

क्यूनिच द्वारा प्रतिस्थापित किया जाता है, जिन्हें लिसेटा के अनाचारी पिता द्वारा नियुक्त एक हत्यारे द्वारा उनके विवाह बिस्तर में मार दिया गया था और बाद में सिसिली के ग्रामीण इलाकों में एक गुफा में दफना दिया गया था।

सुसान कूपर की द डार्क इज़ राइजिंग सीरीज़ में, विल स्टैंटन द ग्रे किंग में सात स्लीपर्स को जगाता है, और सिल्वर ऑन द ट्री में, वे अंधेरे के खिलाफ़ अंतिम लड़ाई में सवार होते हैं।

गिल्बर्ट मॉरिस द्वारा लिखी गई सेवन स्लीपर्स सीरीज़ कहानी को आधुनिक दृष्टिकोण देती है जिसमें परमाणु-सर्वनाश के बाद की दुनिया में बुराई से लड़ने के लिए सात किशोरों को जगाया जाना चाहिए।

जॉन बुकान द थ्री होस्टेज में सात स्लीपर्स का उल्लेख करते हैं जिसमें रिचर्ड हैने अनुमान लगाते हैं कि उनकी पत्नी मैरी, जो एक गहरी नींद में सोती है, उन सात में से एक की वंशज है जिसने मूर्ख कुंवारी लड़कियों में से एक से शादी की है।

1988 के ब्लू ऑयस्टर कल्ट एल्बम इमेजिनोस के गीत "लेस इनविजिबल्स" में सेवन स्लीपर्स का उल्लेख किया गया है।

कई भाषाओं में सेवन स्लीपर्स से संबंधित मुहावरे हैं, जिनमें शामिल हैं:

हंगेरियन: हेटाल्वो, जिसका शाब्दिक अर्थ है "सात-सोने वाला", या "वह जो पूरे सप्ताह सोता है", एक बोलचाल का संदर्भ है जो उस व्यक्ति के लिए है जो अधिक सोता है या जो आमतौर पर नींद में रहता है।[30]:8

आयरिश: "ना सेचट गकोडलाटैन" हाइबरनेटिंग जानवरों को संदर्भित करता है।

नॉर्वेजियन: देर से उठने वाले को सिवसोवर ("सात स्लीपर") कहा जा सकता है

स्वीडिश: देर से उठने वाले को सुजसोवारे ("सात स्लीपर") कहा जा सकता है।

वेल्श: देर से उठने वाले को सैथ सिस्गादुर ("सात रात तक सोने वाला") कहा जा सकता है - जैसा कि डैनियल ओवेन के 1885 के उपन्यास राइस लुईस में है, जहां अध्याय 37, पृष्ठ 294 में नायक को इस तरह संदर्भित किया गया है (ह्यूजेंस ए'आई फैब, कैरडीड, 1948)।

पर्व दिवस

रोमन शहीदी के सबसे हालिया संस्करण में इफिसुस के सात स्लीपरों की याद में 27 जुलाई की तिथि निर्धारित की गई है। बीजान्टिन कैलेंडर में 4 अगस्त और 22 अक्टूबर को पर्व मनाकर उन्हें याद किया जाता है। सीरियाई रूढ़िवादी कैलेंडर में विभिन्न तिथियां दी गई हैं: 21 अप्रैल, 2 अगस्त, 13 अगस्त, 23 अक्टूबर और 24 अक्टूबर।

सात शयन करने वालों की गुफाएँ

कई स्थलों को "सात शयन करने वालों की गुफा" के रूप में जाना जाता है, लेकिन कोई भी अनुभवजन्य रूप से किंवदंती से जुड़ी मूल साइट होने का विश्वास नहीं दिला सका। जैसे-जैसे किंवदंती के शुरुआती संस्करण इफिसस से फैलते गए, उस क्षेत्र में एक प्रारंभिक ईसाई कब्रिस्तान इसके साथ जुड़ गया, जिसने तीर्थयात्रियों को आकर्षित किया। इफिसस (तुर्की में आधुनिक सेल्कुक के पास) के पास माउंट पियोन (माउंट कोऐलियन) की ढलानों पर, धार्मिक स्थल के खंडहरों के साथ सात शयन करने वालों की गुफा की खुदाई 1926-1928 में की गई थी।[26]:394 खुदाई में 5वीं और 6वीं शताब्दी की कई सौ कब्रें सामने आईं। दीवारों और कब्रों में सात शयन करने वालों को समर्पित शिलालेख पाए गए। यह गुफा अभी भी पर्यटकों को दिखाई जाती है।

 सात स्लीपरों की गुफा के अन्य संभावित स्थल सीरिया के दमिश्क और तुर्की के अफ़सिन और तरसुस में हैं। अफ़सिन प्राचीन रोमन शहर अरेबिसस के पास है, जहाँ पूर्वी रोमन सम्राट जस्टिनियन ने दौरा किया था। यह स्थल एक हित्ती मंदिर था, जिसका उपयोग रोमन मंदिर के रूप में और बाद में रोमन और बीजान्टिन काल में चर्च के रूप में किया जाता था। सम्राट ने इसके लिए पश्चिमी अनातोलिया से संगमरमर के आलों को उपहार के रूप में लाया था, जो आज भी एशाब-ए केफ़ कुल्लिये मस्जिद के अंदर संरक्षित हैं। सेल्जुक ने पूजा स्थल का उपयोग चर्च और मस्जिद के रूप में जारी रखा। स्थानीय आबादी के इस्लाम में धर्मांतरण के साथ ही इसे समय के साथ मस्जिद में बदल दिया गया।

जॉर्डन के अम्मान के पास एक गुफा है, जिसे सात स्लीपरों की गुफा के रूप में भी जाना जाता है, जिसके अंदर आठ छोटी सीलबंद कब्रें मौजूद हैं और गुफा से बाहर निकलने वाली एक वेंटिलेशन नली है।

उत्पत्ति और प्रसार

महाभारत में पाया गया; एक युवा समूह का चित्रण जो तपस्या के लिए एक पहाड़ की ओर जाने की तैयारी कर रहा है, उनके पीछे एक कुत्ता चल रहा है।

यह कहानी ग्रेगरी ऑफ़ टूर्स के जीवनकाल (538-594) से पहले कई सीरियाई स्रोतों में दिखाई दी थी। सबसे पुरानी सीरियाई पांडुलिपि प्रति एमएस सेंट-पीटर्संबर्ग नंबर 4 में है, जो पाँचवीं शताब्दी की है।

इस कहानी का सबसे पहला ज्ञात संस्करण सीरियाई बिशप जैकब ऑफ़ सेरुघ (लगभग 450-521) के लेखन में पाया जाता है, जो पहले के ग्रीक स्रोत पर निर्भर करता है, जो अब खो गया है। एडेसन कवि-धर्मशास्त्री जैकब ऑफ़ सेरुघ ने सात स्लीपर्स के विषय पर पद्य में एक धर्मोपदेश लिखा, जिसे एक्टा सैक्टरम में प्रकाशित किया गया था। ब्रिटिश संग्रहालय में सीरियाई पांडुलिपि में छठी शताब्दी का एक और संस्करण (कैट. सिर. एमएसएसएस, पृ. 1090), आठ स्लीपर देता है।

मूल विवरण सीरियाई या ग्रीक में लिखा गया था या नहीं, यह बहस का विषय था, लेकिन आज एक ग्रीक मूल को आम तौर पर स्वीकार किया जाता है। 518 और 531 के बीच लिखे गए तीर्थयात्री खाते डे सिटू टेरा सैंक्टे में इफिसुस में स्लीपरों को समर्पित एक चर्च के अस्तित्व को दर्ज किया गया है।

इस कहानी की रूपरेखा 6वीं शताब्दी में ग्रेगरी ऑफ़ टूर्स के लेखन और पॉल द डीकन (720-799) के लोम्बार्ड्स के इतिहास में दिखाई देती है। कहानी का सबसे प्रसिद्ध पश्चिमी संस्करण जैकोबस डी वोरागिन की गोल्डन लीजेंड (1259-1266) में दिखाई देता है। यह बीएचओ (पुएरी सेप्टम), बीएचजी (पुएरी VII) और बीएचएल डॉर्मिएंटेस (सेप्टम) इफ़ेसी में भी दिखाई देता है।

ईसाई किंवदंती के विवरण कम से कम नौ मध्ययुगीन भाषाओं में पाए जाते हैं और 200 से अधिक पांडुलिपियों में संरक्षित हैं, जो मुख्य रूप से 9वीं और 13वीं शताब्दी के बीच की हैं। इनमें 104 लैटिन पांडुलिपियाँ, 40 ग्रीक, 33 अरबी, 17 सिरिएक, छह इथियोपिक, पाँच कॉप्टिक, दो अर्मेनियाई, एक मध्य आयरिश और एक पुरानी अंग्रेज़ी शामिल हैं। बीजान्टिन लेखक सिमेऑन द मेटाफ़्रास्ट (मृत्यु लगभग 1000) ने इसका उल्लेख किया। इसका सोग्डियन में भी अनुवाद किया गया था। 13वीं शताब्दी में, कवि चार्ड्री ने एक पुराने फ्रांसीसी संस्करण की रचना की। नौवीं शताब्दी के आयरिश कैलेंडर फ़ेलिरे ओएनगुसो ने 7 अगस्त को सात स्लीपर्स का स्मरण किया।

इसका [कौन सा?] फ़ारसी, किर्गिज़ और तातार में भी अनुवाद किया गया था।

कहानी और अवशेष

कहानी ने ईसाई धर्म में तेजी से व्यापक प्रसार प्राप्त किया। इसे पश्चिम में ग्रेगरी ऑफ टूर्स ने 6वीं शताब्दी के उत्तरार्ध में चमत्कारों के

अपने संग्रह, डी ग्लोरिया मार्टिरम (शहीदों की महिमा) में लोकप्रिय बनाया। ग्रेगरी ने दावा किया कि उन्हें यह कहानी "एक निश्चित सीरियाई दुभाषिया" (सिरो क्विडम इंटरप्रेटेंट) से मिली थी, लेकिन यह लेवेंट के किसी सीरियाई या ग्रीक-भाषी को संदर्भित कर सकता है। धर्मयुद्ध की अवधि के दौरान, इफिसस के पास कब्रों से हड्डियों को, जिन्हें सात स्लीपरों के अवशेषों के रूप में पहचाना गया था, एक बड़े पत्थर के ताबूत में मार्सिले, फ्रांस ले जाया गया था, जो सेंट विक्टर, मार्सिले के अभय की ट्रॉफी बनी रही। सात स्लीपर्स को गोल्डन लीजेंड संकलन में शामिल किया गया था, जो बाद के मध्य युग की सबसे लोकप्रिय पुस्तक थी, जिसने थियोडोसियस के शासनकाल में 478 ईस्वी में उनके पुनरुत्थान की सटीक तारीख तय की थी।

सात स्लीपर

बाइबल की कहानियाँ और धार्मिक क्लासिक्स — फिलिप पी. वेल्स

सातों सोये हुए लोग इफिसुस शहर में पैदा हुए थे। और जब सम्राट डेसियस ईसाई लोगों के उत्पीड़न के लिए इफिसुस में आया, तो उसने शहर के बीच में मंदिरों का निर्माण करने का आदेश दिया, ताकि सभी लोग मूर्तियों के लिए बलिदान करने के लिए उसके साथ आएँ, और उसने सभी ईसाई लोगों की तलाश की, और उन्हें बलि चढ़ाने के लिए बाध्य किया, या फिर उन्हें मार डाला; इस तरह से कि हर आदमी उसके द्वारा किए गए कष्टों से डर गया, कि दोस्त ने अपने दोस्त को छोड़ दिया, और बेटे ने अपने पिता को और पिता ने बेटे को त्याग दिया। और फिर इस शहर में सात ईसाई पुरुष पाए गए, यानी मैक्सिमियन, माल्चस, मार्सियानस, डेनिस, जॉन, सेरापियन और कॉन्स्टेंटाइन। और जब उन्होंने यह देखा, तो उन्हें बहुत दुख हुआ, और क्योंकि वे महल में सबसे पहले थे जिन्होंने बलिदानों का तिरस्कार किया, उन्होंने उन्हें अपने घरों में छिपा दिया, और उपवास और प्रार्थना में लगे रहे। और फिर उन पर डेसियस के सामने आरोप लगाया गया, और वे वहाँ आए, और पाया कि वे बहुत ही ईसाई लोग हैं। फिर उन्हें पश्चाताप करने के लिए जगह दी गई, डेसियस के फिर से आने तक। और इस बीच उन्होंने अपनी पैतृक संपत्ति को गरीब लोगों को दान में दे दिया; और उन्हें एक साथ इकट्ठा किया, और परामर्श किया, और सेलियन पर्वत पर चले गए, और वहाँ अधिक गुप्त रहने का आदेश दिया, और वहाँ उन्हें लंबे समय तक छिपाए

रखा। और उनमें से एक ने हमेशा उनका प्रबंधन और सेवा की। और जब वह शहर में गया, तो उसने उसे एक भिखारी की पोशाक पहनाई।

जब डेसियस फिर से आया, तो उसने आदेश दिया कि उन्हें लाया जाए, और तब मलकस, जो उनका नौकर था और उन्हें भोजन और पेय प्रदान करता था, अपने साथियों के पास बहुत भयभीत होकर लौटा, और उन्हें उनके महान क्रोध और दुर्बलता के बारे में बताया और दिखाया, और तब वे बहुत डर गए। और मलकस ने उनके सामने रोटियाँ रखीं जो वह लाया था, ताकि वे भोजन से तसल्ली पा सकें, और पीड़ा सहने के लिए अधिक मजबूत हो सकें। और जब उन्होंने अपना भोजन किया और रोते-बिलखते बैठे, तो अचानक, जैसा कि ईश्वर चाहता था, वे सो गए, और जब सुबह हुई तो उन्हें खोजा गया और वे नहीं मिले। इसलिए डेसियस दुखी था क्योंकि उसने ऐसे युवा लोगों को खो दिया था। और फिर उन पर आरोप लगाया गया कि वे सेलियन पर्वत में छिपे हुए थे, और उन्होंने अपना माल गरीबों को दे दिया था, और फिर भी अपने उद्देश्य में बने रहे। और फिर डेसियस ने आदेश दिया कि उनके रिश्तेदार उसके पास आएँ, और उन्हें धमकी दी कि अगर वे उनके बारे में वह सब नहीं बताएँगे जो वे जानते हैं तो उन्हें मौत के घाट उतार दिया जाएगा। और उन्होंने उन पर आरोप लगाया, और शिकायत की कि उन्होंने अपनी सारी दौलत लुटा दी है। तब डेसियस ने सोचा कि उन्हें उनके साथ क्या करना चाहिए, और, जैसा कि हमारे प्रभु चाहते थे, उसने उस गुफा के मुंह को पत्थरों से बंद कर दिया जिसमें वे थे, ताकि वे भूख और मांस के दोष के कारण उसमें मर जाएं। तब मंत्रियों और दो ईसाई पुरुषों, थियोडोरस और रूफिनस ने उनकी शहादत लिखी और उसे पत्थरों के बीच में छिपा दिया। और जब डेसियस मर गया, और वह पूरी पीढ़ी, तीन सौ बासठ साल बाद, और सम्राट थियोडोसियस के तीसवें वर्ष, जब पाखंड उन लोगों का था

जो मृत शरीरों के पुनरुत्थान को नकारते थे, और बढ़ने लगे; थियोडोसियस, जो उस समय सबसे अधिक ईसाई सम्राट था, इस बात से दुःखी था कि हमारे प्रभु के विश्वास को इस प्रकार अपमानित किया गया था, क्रोध और भारीपन के कारण उसने अपने बालों को एक वस्त्र में लपेट लिया और प्रतिदिन एक गुप्त स्थान में रोया, और एक पूर्ण पवित्र जीवन व्यतीत किया, जिसे देखकर दयालु और दयावान ईश्वर ने उन लोगों को सांत्वना दी जो शोकित और रो रहे थे, और उन्हें मृतकों के पुनरुत्थान की आशा और आशा दी, और अपनी दया का अनमोल भण्डार खोला, और उपरोक्त शहीदों को इस प्रकार जीवित किया।

उसने इफिसुस के एक बर्गेस की वसीयत में लिखा कि वह उस पहाड़ पर, जो रेगिस्तान और एस्पर था, अपने चरवाहों और चरवाहों के लिए एक अस्तबल बनाएगा। और संयोग से, उक्त अस्तबल बनाने वाले राजमिस्त्रियों ने इस गुफा को खोल दिया। और तब ये पवित्र संत, जो अंदर थे, जाग गए और उठ गए और एक-दूसरे से मिले, और उन्होंने सचमुच मान लिया था कि वे केवल एक रात ही सोए थे, और उन्हें याद आया कि पिछले दिन उन्हें कितना भारीपन महसूस हुआ था। और तब माल्चस, जो उनकी सेवा करता था, ने वही कहा जो डेसियस ने उनके लिए तय किया था, क्योंकि उसने कहा: जैसा कि मैंने कल तुमसे कहा था, मूर्तियों को बलि चढ़ाने के लिए हमसे पूछा गया है, यही सम्राट हमसे चाहता है। और तब मैक्सिमियन ने उत्तर दिया: हमारे प्रभु परमेश्वर जानते हैं कि हम कभी बलि नहीं चढ़ाएंगे, और अपने साथियों को सांत्वना दी। उसने माल्चस को शहर में जाकर रोटी खरीदने का आदेश दिया और उससे कहा कि वह कल जो लाया था, उससे ज़्यादा लाए और यह भी कि सम्राट ने क्या करने का आदेश

दिया है, उससे पूछताछ करे और मांगे। और फिर माल्चस ने पाँच शिलिंग लिए और गुफा से बाहर निकल गया और जब उसने राजमिस्त्रियों और गुफा के सामने पत्थरों को देखा, तो वह उसे आशीर्वाद देने लगा और बहुत आश्चर्यचकित हुआ। लेकिन उसने पत्थरों के बारे में ज़्यादा नहीं सोचा, क्योंकि वह दूसरी चीज़ों के बारे में सोच रहा था। फिर वह शहर के फाटकों पर आया और बहुत आश्चर्यचकित हुआ। क्योंकि उसने फाटक के पास क्रॉस का चिन्ह देखा और फिर, बिना देर किए, वह शहर के दूसरे फाटक पर गया और वहाँ भी क्रॉस का चिन्ह पाया और तब उसे बहुत आश्चर्य हुआ, क्योंकि उसने हर फाटक पर क्रॉस का चिन्ह देखा और शहर को उसी से सजाया हुआ था। और फिर उसने उसे आशीर्वाद दिया और पहले फाटक पर वापस आया और सोचा कि उसने सपना देखा था और फिर उसने सलाह ली और खुद को सांत्वना दी और अपना चेहरा ढँक लिया और शहर में प्रवेश किया। और जब वह रोटी बेचने वालों के पास पहुँचा और लोगों को परमेश्वर के बारे में बात करते सुना, तो वह और भी शर्मिंदा हुआ और बोला: यह क्या है कि कल तक किसी ने यीशु मसीह का नाम लेने की हिम्मत नहीं की और अब हर कोई उसे ईसाई मानता है? मुझे लगता है कि यह इफिसुस शहर नहीं है, क्योंकि यह पूरी तरह से अलग तरह से बना हुआ है। यह कोई और शहर है, मुझे नहीं पता क्या।

और जब उसने पूछा और सच में सुना कि यह इफिसुस है, तो उसने सोचा कि वह गलत था, और उसने अपने साथियों के पास फिर से जाने का निश्चय किया, और फिर रोटी बेचने वालों के पास गया। और जब उसने अपना पैसा दिखाया तो विक्रेताओं ने आश्चर्य किया, और एक दूसरे से कहा, कि इस युवक को कोई पुराना खजाना मिला है। और जब मलकस ने उन्हें आपस में बात करते देखा, तो उसे संदेह नहीं

हुआ कि वे उसे सम्राट के पास ले जाएँगे, और वह बहुत डर गया, और उसने उनसे प्रार्थना की कि वे उसे जाने दें, और पैसा और रोटी दोनों रख लें, लेकिन उन्होंने उसे पकड़ लिया, और उससे पूछा: तुम कहाँ से हो? क्योंकि तुम्हें पुराने सम्राटों का खजाना मिला है, इसे हमें दिखाओ, और हम तुम्हारे साथी बन जाएँगे और इसे गुप्त रखेंगे। और मलकस इतना डर गया कि वह डर के मारे समझ नहीं पाया कि उनसे क्या कहे। और जब उन्होंने देखा कि वह बोल नहीं रहा है, तो उन्होंने उसके गले में एक रस्सी डाली, और उसे शहर के बीचों-बीच घसीटते हुए ले गए। और शहर में हर जगह यह खबर फैल गई कि एक युवक को प्राचीन खजाना मिला है, इस तरह से कि शहर के सभी लोग उसके चारों ओर इकट्ठे हो गए, और उसने वहाँ स्वीकार किया कि उसे कोई खजाना नहीं मिला। और उसने उन सभी को देखा, लेकिन वह अपने रिश्तेदारों या वंश के किसी व्यक्ति को नहीं पहचान सका, जिसके बारे में उसने सचमुच सोचा था कि वे जीवित थे, लेकिन कोई नहीं मिला, इसलिए वह शहर के बीच में ही खड़ा रहा। और जब सेंट मार्टिन बिशप और एंटीपेटर कॉन्सल, जो इस शहर में नए आए थे, ने इस बात के बारे में सुना, तो उन्होंने उसे बुलाया, ताकि वे उसे बुद्धिमानी से उनके पास ले आएं, और उसके पैसे भी उसके साथ ले जाएं। और जब उसे चर्च में लाया गया तो उसने सोचा कि उसे सम्राट डेसियस के पास ले जाया जाना चाहिए। और फिर बिशप और कॉन्सल ने पैसे देखकर आश्चर्य किया, और उन्होंने उससे पूछा कि उसे यह खजाना कहाँ मिला है, पता नहीं। और उसने उत्तर दिया कि उसके पास कुछ भी नहीं मिला है, लेकिन यह उसके रिश्तेदारों और पैतृक संपत्ति से उसके पास आया था, और उन्होंने उससे पूछा कि वह किस शहर से है। मैं अच्छी तरह जानता हूँ कि मैं इस शहर का हूँ, अगर यह इफिसुस शहर है। और न्यायाधीश ने उससे कहा: तेरे कुटुम्बी आकर तेरे लिए गवाही दें। और उसने उनके नाम बताए, लेकिन कोई भी उन्हें नहीं जानता था। और

उन्होंने कहा कि उसने किसी तरह उनसे बचने के लिए ढोंग किया। और फिर न्यायाधीश ने कहा: हम कैसे विश्वास कर सकते हैं कि यह पैसा तेरे मित्रों से तेरे पास आया है, जबकि शास्त्रों में लिखा है कि इसे बनाए और जाली बनाए हुए तीन सौ बहत्तर साल से भी ज़्यादा हो गए हैं, और यह सम्राट डेसियस के शुरुआती दिनों का है, और यह हमारे पैसे से बिल्कुल भी मेल नहीं खाता; और यह कैसे तेरे वंश से इतने पुराने समय से आया है, और तू जवान है, और इस इफिसुस शहर के बुद्धिमान और बूढ़े लोगों को धोखा देना चाहता है? और इसलिए मैं आदेश देता हूँ कि जब तक तू यह स्वीकार न कर ले कि तुझे यह पैसा कहाँ से मिला, तब तक तू कानून के अनुसार आचरण करे। तब माल्चस ने उनके सामने घुटने टेके और कहा: भगवान के लिए, प्रभुओं, तुम मुझसे कहो कि मैं तुमसे पूछूंगा, और मैं तुम्हें वह सब बताऊंगा जो मेरे दिल में है। डेसियस सम्राट जो इस शहर में था, वह कहाँ है? और बिशप ने उससे कहा कि इस दिन दुनिया में ऐसा कोई नहीं है जिसका नाम डेसियस हो, वह कई साल पहले सम्राट था। और मलकस ने कहा: महाराज, मैं इस बात से बहुत शर्मिंदा हूँ और कोई भी मुझ पर विश्वास नहीं करता, क्योंकि मैं अच्छी तरह जानता हूँ कि हम सम्राट डेसियस के डर से भागे थे, और मैंने उसे देखा, कि कल वह इस शहर में घुसा था, अगर यह इफिसुस का शहर है। तब बिशप ने अपने मन में सोचा, और न्यायाधीश से कहा, यह एक दर्शन है जो हमारे प्रभु ने इस युवक के माध्यम से दिखाया होगा। तब युवक ने कहा: तुम मेरे पीछे आओ, और मैं तुम्हें अपने साथियों को दिखाऊंगा जो सेलियन पर्वत पर हैं, और तुम उन पर विश्वास करो। यह मैं अच्छी तरह जानता हूँ, कि हम सम्राट डेसियस के सामने से भागे थे। और फिर वे उसके साथ चले गए, और उनके साथ शहर के लोगों की एक बड़ी भीड़ थी। और मलकस पहले अपने साथियों के पास गुफा में गया, और उसके बाद बिशप उसके बाद। और वहाँ उन्हें पत्थरों के बीच चाँदी की

दो मुहरों से सीलबंद पत्र मिले। और फिर बिशप ने वहाँ आए लोगों को बुलाया और उन सबके सामने उसे पढ़कर सुनाया, जिससे सुनने वाले सभी लोग शर्मिंदा और अचंभित हो गए। और उन्होंने संतों को गुफा में बैठे देखा, और उनके चेहरे खिले हुए गुलाबों की तरह थे, और वे घुटने टेककर परमेश्वर की महिमा कर रहे थे। और तुरंत बिशप और न्यायाधीश ने सम्राट थियोडोसियस को एक संदेश भेजा, जिसमें उनसे प्रार्थना की गई कि वे हमारे प्रभु के चमत्कारों को देखने के लिए तुरंत आएँ, जो उन्होंने हाल ही में दिखाए थे। और तुरंत वह ज़मीन से उठे, और जिस बोरे में वे रो रहे थे उसे उतार दिया, और हमारे प्रभु की महिमा की। और कॉन्स्टेंटिनोपल से इफिसुस आए, और वे सभी जो उसके खिलाफ आए थे, और उसके साथ पहाड़ पर चढ़ गए, संतों के पास गुफा में।और उसके साथ पहाड़ पर चढ़ गए, और पवित्र लोगों के पास गुफा में गए।और उसके साथ पहाड़ पर चढ़ गए, और पवित्र लोगों के पास गुफा में गए।

और जैसे ही हमारे प्रभु के धन्य संतों ने सम्राट को आते देखा, उनके चेहरे सूरज की तरह चमक उठे। और सम्राट ने तब प्रवेश किया, और हमारे प्रभु की महिमा की और उन्हें गले लगाया, उनमें से प्रत्येक पर रोते हुए, और कहा: मैं अब तुम्हें वैसे ही देख रहा हूँ जैसे मुझे हमारे प्रभु को लाजर को उठाते हुए देखना चाहिए था। और तब मैक्सिमियन ने उससे कहा: हमारा विश्वास करो, क्योंकि हमारे प्रभु ने हमें महान पुनरुत्थान के दिन से पहले ही जीवित कर दिया है। और ताकि तुम मरे हुए लोगों के पुनरुत्थान पर दृढ़ता से विश्वास करो, वास्तव में हम वैसे ही जी उठेंगे जैसे तुम यहाँ देख रहे हो, और जीवित रहोगे। और जिस तरह बच्चा अपनी माँ के गर्भ में बिना किसी नुकसान या चोट के रहता है, उसी तरह हम भी बिना किसी भावना के यहाँ लेटे-लेटे जी रहे

हैं और सो रहे हैं। और जब उन्होंने यह सब कहा, तो उन्होंने अपने सिर ज़मीन पर झुकाए, और हमारे प्रभु यीशु मसीह की आज्ञा पर अपनी आत्मा को समर्पित कर दिया, और इस तरह मर गए। तब सम्राट उठे, और जोर-जोर से रोते हुए उन पर गिर पड़े, और उन्हें गले लगाया, और उन्हें विनम्रतापूर्वक चूमा। और फिर उसने सोने और चांदी की कीमती कब्रें बनाने और उनके शवों को उसमें दफनाने का आदेश दिया। और उसी रात वे सम्राट के सामने प्रकट हुए, और उससे कहा कि उन्हें धरती पर वैसे ही पड़े रहने दिया जाए जैसे वे पहले तब तक पड़े थे जब तक कि हमारे प्रभु ने उन्हें जीवित नहीं कर दिया, जब तक कि वे फिर से जीवित न हो जाएं। फिर सम्राट को आदेश दिया कि उस स्थान को शानदार ढंग से और बहुमूल्य पत्थरों से सजाया जाए, और सभी बिशप जो पुनरुत्थान को स्वीकार करेंगे, उन्हें तेल लगाया जाना चाहिए। जो कहा गया है, उसमें संदेह है कि वे तीन सौ बासठ साल सोए थे, क्योंकि वे हमारे प्रभु के चार सौ अट्ठहत्तर वर्ष में उठे थे, और डेसियस ने केवल एक वर्ष और तीन महीने शासन किया था, और वह हमारे प्रभु के दो सौ सत्तर वर्ष में था, और इस प्रकार वे केवल दो सौ आठ साल सोए थे।

7 पवित्र युवक इफिसुस के "सात सोनेवाले"

ट्रोपारियन और कोंटाकियन

इफिसस के सात युवा: मैक्सिमिलियन, इम्बलिकस, मार्टिनियन, जॉन, डायोनिसियस, एक्साकुस्टोडियनस (कॉन्स्टेंटाइन) और एंटोनिनस, तीसरी शताब्दी में रहते थे। सेंट मैक्सिमिलियन इफिसस शहर के प्रशासक का बेटा था, और अन्य छह युवा इफिसस के प्रतिष्ठित नागरिकों के बेटे थे। ये युवा बचपन से दोस्त थे, और सभी एक साथ सैन्य सेवा में थे।

जब सम्राट डेसियस (249-251) इफिसस पहुंचे, तो उन्होंने सभी नागरिकों को मूर्तिपूजक देवताओं को बलि चढ़ाने का आदेश दिया। जो कोई भी आज्ञा नहीं मानता था, उसे यातना और मौत दी जाती थी। मुखबिरों ने सात युवकों की निंदा की और आरोपों का जवाब देने के लिए उन्हें बुलाया। सम्राट के सामने पेश होकर, युवकों ने मसीह में अपने विश्वास को स्वीकार किया।

उनके सैन्य बेल्ट और प्रतीक चिन्ह उनसे तुरंत छीन लिए गए। डेसियस ने उन्हें मुक्त होने की अनुमति दी, हालांकि, उन्हें उम्मीद थी कि जब वह सैन्य अभियान पर जाएगा तो वे अपना मन बदल लेंगे।

युवा शहर से भाग गए और माउंट ओक्लोन की एक गुफा में छिप गए, जहाँ उन्होंने प्रार्थना में अपना समय बिताया, शहादत की तैयारी की।

उनमें से सबसे छोटा, संत इम्बलिकस, भिखारी का वेश धारण करके रोटी खरीदने के लिए शहर में चला गया। शहर में अपने भ्रमण के दौरान, उसने सुना कि सम्राट वापस आ गया है और उन्हें ढूँढ़ रहा है। संत मैक्सिमिलियन ने अपने साथियों से गुफ़ा से बाहर आने और मुकदमे के लिए खुद को पेश करने का आग्रह किया।

यह पता चलने पर कि युवक कहाँ छिपे हुए थे, सम्राट ने आदेश दिया कि गुफा के प्रवेश द्वार को पत्थरों से बंद कर दिया जाए ताकि संत भूख और प्यास से मर जाएँ। गुफा के प्रवेश द्वार पर मौजूद दो गणमान्य व्यक्ति गुप्त ईसाई थे। संतों की याद को सुरक्षित रखने की इच्छा से, उन्होंने गुफा में एक सीलबंद कंटेनर रखा जिसमें दो धातु की पट्टिकाएँ थीं। उन पर सात युवकों के नाम और उनकी पीड़ा और मृत्यु का विवरण अंकित था।

प्रभु ने युवाओं को लगभग दो शताब्दियों तक चलने वाली चमत्कारिक नींद में डाल दिया। इस बीच, ईसाइयों के खिलाफ उत्पीड़न बंद हो गया था। पवित्र सम्राट थियोडोसियस द यंगर (408-450) के शासनकाल के दौरान ऐसे विधर्मी थे जिन्होंने इस बात से इनकार किया कि हमारे प्रभु यीशु मसीह के दूसरे आगमन पर मृतकों का सामान्य पुनरुत्थान होगा। उनमें से कुछ ने कहा, "जब न तो आत्मा होगी और न ही शरीर, क्योंकि वे विघटित हो चुके हैं, तो मृतकों का पुनरुत्थान कैसे हो सकता है?" दूसरों ने पुष्टि की, "केवल आत्माओं को ही पुनर्स्थापना मिलेगी,

क्योंकि एक हजार साल बाद शरीर का उठना और जीवित रहना असंभव होगा, जब उनकी धूल भी नहीं बचेगी।" इसलिए, प्रभु ने अपने सात संतों के माध्यम से मृतकों के पुनरुत्थान और भविष्य के जीवन का रहस्य प्रकट किया।

जिस ज़मीन पर माउंट ओक्लोन स्थित था, उसके मालिक ने पत्थर के निर्माण की खोज की, और उसके कर्मचारियों ने गुफा का प्रवेश द्वार खोल दिया। भगवान ने युवाओं को जीवित रखा था, और वे अपनी नींद से जाग गए, इस बात से अनजान कि लगभग दो सौ साल बीत चुके थे। उनके शरीर और कपड़े पूरी तरह से अछूते थे।

यातना स्वीकार करने की तैयारी करते हुए, युवकों ने एक बार फिर संत इम्बलिकस से शहर में उनके लिए रोटी खरीदने के लिए कहा। शहर की ओर बढ़ते हुए, युवक गेट पर एक क्रॉस देखकर हैरान रह गया। यीशु मसीह का नाम खुलकर बोलते हुए सुनकर, उसे संदेह होने लगा कि वह अपने ही शहर में आ रहा है।

जब उसने रोटी के लिए भुगतान किया, तो इम्बलिकस ने व्यापारी को सम्राट डेसियस की छवि वाले सिक्के दिए। उसे हिरासत में लिया गया, क्योंकि वह पुराने पैसे का ढेर छिपा सकता था। वे संत इम्बलिकस को शहर के प्रशासक के पास ले गए, जो इफिसस का बिशप भी था। युवक के हैरान करने वाले उत्तरों को सुनकर, बिशप को लगा कि भगवान उसके माध्यम से किसी तरह का रहस्य प्रकट कर रहे हैं, और वह अन्य लोगों के साथ गुफा में चला गया।

गुफा के प्रवेश द्वार पर बिशप को सीलबंद कंटेनर मिला और उसने उसे खोला। उसने धातु की पट्टिकाओं पर सात युवकों के नाम और सम्राट डेसियस के आदेश पर गुफा को सील करने का विवरण पढ़ा। गुफा में जाकर और संतों को जीवित देखकर, सभी ने खुशी मनाई और महसूस किया कि प्रभु उन्हें उनकी लंबी नींद से जगाकर चर्च को मृतकों के पुनरुत्थान का रहस्य दिखा रहे थे।

जल्द ही सम्राट स्वयं इफिसुस पहुँचे और गुफा में युवकों से बात की। फिर पवित्र युवकों ने, सबके देखते-देखते, अपना सिर ज़मीन पर टिका दिया और फिर से सो गए, इस बार सामान्य पुनरुत्थान तक।

सम्राट प्रत्येक युवक को एक रत्न जड़ित ताबूत में रखना चाहता था, लेकिन वे उसे एक सपने में दिखाई दिए और कहा कि उनके शवों को गुफा में जमीन पर छोड़ दिया जाना चाहिए। बारहवीं शताब्दी में रूसी तीर्थयात्री इगुमेन डैनियल ने गुफा में सात युवकों के पवित्र अवशेष देखे।

22 अक्टूबर को सात युवकों की दूसरी याद मनाई जाती है। एक परंपरा के अनुसार, जो रूसी प्रस्तावना (संतों के जीवन) में दर्ज है, इस दिन युवा दूसरी बार सो गए थे। 1870 के ग्रीक मेनायन में कहा गया है कि वे पहली बार 4 अगस्त को सोए थे, और 22 अक्टूबर को जागे थे।

ग्रेट बुक ऑफ नीड्स (ट्रेबनिक) में इफिसुस के सात स्लीपर्स की प्रार्थना उन लोगों के लिए है जो बीमार हैं और सो नहीं पाते हैं। चर्च के नए साल, 1 सितंबर की सेवा में भी सात स्लीपर्स का उल्लेख किया गया है।

इफिसुस के पवित्र युवकों "सात शयनकर्ताओं" की स्मृति

रूढ़िवादी चर्च

आज, 4 अगस्त को, सेंट जॉन द यंगर, शहीद इया और उनके साथ फारस में 9,000 लोगों को, साथ ही इफिसुस में पवित्र सात युवाओं (मैक्सिमिलियन, इम्बलिकस, मार्टिनियन, जॉन, डायोनिसियस, एक्साकुस्टोडियनस और एंटोनिनस) को याद करता है, जो एक लंबी नींद से जागे थे।

तीसरी शताब्दी ई. के मध्य में, सम्राट डेसियस ने युवा और वृद्ध ईसाइयों को बिना किसी भेदभाव के प्रताड़ित किया और मार डाला। उस समय, सातों युवा त्रिदेवों में अपने विश्वास को अस्वीकार नहीं करना चाहते थे, इसलिए पहले अपनी संपत्ति गरीबों को देने के बाद, वे शहर छोड़कर एक गुफा में छिप गए, जब तक कि उत्पीड़न बंद नहीं हो गया।

लेकिन जैसे-जैसे खतरा करीब आ रहा था, उन्होंने पवित्र आत्मा से प्रार्थना की, और अगर भगवान इसकी अनुमति देते हैं, तो उन्होंने अपनी आत्माओं को लेने के लिए कहा ताकि वे डेसियस के हाथों में जीवित न पड़ें। भगवान ने उनकी प्रार्थना सुनी और उनके शुद्ध इरादों को पहचाना। इसलिए, रात को बिस्तर पर जाने के बाद, वे सुबह नहीं उठे।

194 साल बाद, थियोडोसियस द यंगर के तहत, इफिसस में एक संप्रदाय ने घोषणा की कि मृतकों का पुनरुत्थान नहीं होगा। उस समय, इफिसस के 7 युवाओं में से सबसे कम उम्र के व्यक्ति ने डेसियस के समय में इस्तेमाल किए जाने वाले सिक्के से रोटी खरीदी। उन्होंने उसे तुरंत गिरफ्तार कर लिया। यह आश्चर्य की बात नहीं थी। उससे पूछताछ करने के बाद, वे गुफा में गए और अन्य छह युवाओं को जीवित पाया।

तब, सभी को समझ में आ गया कि यह एक चमत्कार था और ईश्वर का सच्चा हस्तक्षेप था, और इसलिए, जो लोग पहले संदेह कर रहे थे, वे भी अंततः विश्वास करने लगे कि मृतकों का पुनरुत्थान और दूसरा आगमन वास्तविक तथ्य थे। ईसाई धर्म-पंथ में विश्वास करते हैं और उसे स्वीकार करते हैं, जो मृतकों के पुनरुत्थान की पुष्टि करता है।

स्रोत: साइप्रस चर्च

ऐतिहासिक और धार्मिक पृष्ठभूमि

5वीं शताब्दी में किंवदंती की ऐतिहासिक और धार्मिक पृष्ठभूमि

किंवदंती का कथानक 3वीं शताब्दी के मध्य में रोमन सम्राट डेसियस के शासनकाल के दौरान शुरू होता है। 6 उन्हें एक अच्छे सम्राट के रूप में वर्णित किया गया था, और सीनेटर इतिहासकारों ने उन्हें पुराने रोमन गुणों के अवतार के रूप में माना। जनवरी 250 में, डेसियस ने ईसाई धर्म के दमन के लिए एक आदेश जारी किया, जिसमें रोमन साम्राज्य के सभी नागरिकों को बलिदान करने, देवताओं को प्रसाद चढ़ाने की आवश्यकता थी, जिसके पूरा होने पर प्रमाण पत्र - लिबेलस जारी करने का आधार था। हालाँकि, इस आदेश का उद्देश्य ईसाइयों को खत्म करना नहीं था, बल्कि उन्हें सभी प्रकार की राज्य पूजा में भाग लेने वाले वफादार नागरिक बनाना था। इसका मुख्य रूप से प्रचार और जनविरोधी चरित्र था और यह आक्रमणकारियों, विशेष रूप से गोथ्स द्वारा साम्राज्य की वैचारिक एकता को दर्शाने का दावा करता था, जिन्होंने एब्रिटस की लड़ाई के दौरान डेसियस को हराया और मार डाला था। यह आदेश अपेक्षाकृत लंबे समय तक तैयार किया गया था और धीरे-धीरे विभिन्न क्षेत्रों में लागू किया गया था।7 स्लीपर्स के जागने का समय थियोडोसियस द्वितीय के शासनकाल के राजनीतिक और धार्मिक रूप से अशांत समय पर पड़ा, जिसे आमतौर पर यंगर कहा जाता है। अपने दादा थियोडोसियस द ग्रेट के विपरीत, जिन्होंने मुख्य रूप से एरियनवाद के साथ लड़ाई लड़ी थी, थियोडोसियस द यंगर ने बुतपरस्ती को खत्म कर दिया और बुतपरस्त संस्कृति के कई मंदिरों और स्मारकों को नष्ट कर दिया। उनके शासनकाल के दौरान ईसाई धर्म के भीतर मसीह की प्रकृति की समझ के संबंध में बड़े विवाद थे उन्होंने मसीह में दो पदार्थ (यूनानी यूसिया से ऊसियास), दो हाइपोस्टेसिस (क्यून्यूमे, ग्रीक

हाइपोस्टेसिस में) और एक व्यक्ति (परसुफो, ग्रीक प्रोसोपोन में) देखे। नेस्टोरियस ने क्योनो (यूनानी फिसिस में) का उल्लेख नहीं किया, इसलिए उन्हें इफिसियन परिषद में व्यक्तियों के रूप में क्यून्यूमे को समझने वाला माना जाता था। ईसाई धर्म में सबसे लंबे समय तक चलने वाले संघर्षों में से एक, क्राइस्टोलॉजी के स्तर पर यह संघर्ष अंततः 1994 में कैथोलिक चर्च और पूर्व के असीरियन चर्च के बीच आम क्राइस्टोलॉजिकल घोषणा की घोषणा करके हल किया गया था। दोनों चर्चों ने क्रिस्टोटोकोस और थियोटोकोस की अभिव्यक्तियों की वैधता और सटीकता को भी मान्यता दी। 6 इंपीरेटर सीज़र गयुस मेसियस क्विंटस ट्रियानस डेसियस ऑगस्टस, 249-251 ए.डी. 7 एम. जैक्ज़िनोव्स्का, डेज़ीजे इम्पेरियम रोमनम, वार्सज़ावा 1995, पी। 351.

---

48 बार्टोलोमिएज ग्रिसा

यह ध्यान देने योग्य है कि पूर्व के असीरियन चर्च ने कभी भी खुद को "नेस्टोरियन" नहीं माना। कॉन्स्टेंटिनोपल में एक बड़े मठ के प्रमुख यूटीचेस (370-455) दूसरे व्यक्ति थे जिन्होंने चर्च के भीतर एक गंभीर धार्मिक विवाद पैदा किया। नेस्टोरियस के खिलाफ लड़ाई में वह अलेक्जेंड्रिया के सिरिल के सबसे उत्साही समर्थकों में से एक थे, जिन्हें पोप सेंट सेलेस्टाइन । ने नेस्टोरियस पर पारित एक सजा को निष्पादित करने का काम सौंपा था।8 उन्होंने अपने गॉडसन, क्रिज़ाफ़, सम्राट के एक प्रभावशाली मंत्री की बदौलत शाही दरबार में काफी प्रभाव का आनंद लिया। पैट्रिआर्क फ़्लेवियन के सामने यूटीचेस की निंदा किए जाने के बाद उनसे उनके ईसाई धर्म संबंधी विचारों को समझाने के लिए कहा गया। कुलपति धर्मसभा के सदस्यों द्वारा प्रताड़ित होकर उन्होंने पोप और अलेक्जेंड्रिया और यरुशलम के

कुलपतियों से उनकी सहायता के लिए अपील की। थियोडोसियस द्वितीय ने भी पोप के समक्ष उनके लिए हस्तक्षेप किया, जिन्होंने उन्हें बहुत अनुभवहीन और मूर्ख बूढ़ा व्यक्ति कहा। जबकि यूटिचेस के विचार वास्तव में मोनोफिसाइट थे, मिस्र, सीरिया और आर्मेनिया के चर्चों के क्राइस्टोलॉजी, जिन्हें इन विचारों के लिए जिम्मेदार ठहराया गया था, को सिरिल के प्रसिद्ध सूत्र के बाद मियाफिसाइट कहा जाएगा: मिया फिसिस टू थियो लोगौ सेसरकोमेने - ईश्वर के अवतार शब्द की एक प्रकृति। यहाँ फिर से हम कई शताब्दियों के बाद ही सहायता के लिए आते हैं जब पोप जॉन पॉल द्वितीय और परम पावन मार इग्नाटियस ज़क्का । इवास की आम घोषणा 1984 में घोषित की गई थी, जो उपर्युक्त सूत्र की धार्मिक शुद्धता की पुष्टि करती है और विभाजन के कारणों को वास्तव में "शब्दावली और संस्कृति में अंतर और एक ही मामले को व्यक्त करने के लिए विभिन्न धर्मशास्त्रीय स्कूलों द्वारा अपनाए गए विभिन्न सूत्रों में देखती है।"9 किंवदंती के कुछ ग्रंथों की तुलना सीरियाई ग्रंथ शायद सात स्लीपर्स की किंवदंती के लिए सबसे पुरानी मूल सामग्री हैं, जो 6 वीं शताब्दी की शुरुआत में लिखी गई थी, यानी इस्लाम के उदय से लगभग एक सौ साल पहले। विभिन्न ईसाई और मुस्लिम संबंधों का एक साझा संस्करण इस प्रकार हो सकता है: किसी कारण से कई युवा पुरुषों ने एक गुफा में शरण ली थी, जहाँ वे सो गए थे। कई वर्षों के बाद उन्हें पुनरुत्थान की आशा का दिव्य संकेत बनने के लिए उठाया गया। इन युवकों को ऐसा लग रहा था कि वे अपने ठिकाने पर बहुत कम समय के लिए, एक दिन के लिए थे, लेकिन वास्तव में वे कई वर्षों से वहाँ सो रहे थे। जागने के बाद भाइयों ने अपने एक साथी को शहर भेजा जहाँ वह भोजन खरीद सके। हालाँकि, दोनों परंपराओं के ग्रंथों में महत्वपूर्ण अंतर हैं। वे किंवदंती की धार्मिक प्रकृति से जुड़े हुए हैं, और भले ही वे 291. 9 "पोप जॉन पॉल द्वितीय और परम पावन मार

इग्नाटियस ज़क्का प्रथम इवास की सामान्य घोषणा (27 अक्टूबर, 1971)," एक्टा एपोस्टोलिका सेडिस 63 (1971), पीपी. 814-815।

सामान्य रूप से पुनरुत्थान की सच्चाई से संबंधित नहीं हैं, जिसे ईसाई और मुसलमान दोनों स्वीकार करते हैं, वे मुख्य रूप से उन भाइयों के धर्म से संबंधित हैं। सभी ईसाईयों द्वारा अनुसरण किए जाने वाले सीरियाई ग्रंथों में कहा गया है कि इन भाइयों को मसीह में उनके विश्वास के लिए डेसियस द्वारा सताया गया था। डेसियस के दिनों में उत्पीड़न की पुष्टि सभी ऐतिहासिक स्रोतों द्वारा की जाती है। दूसरी ओर, कुरान, जिसका अनुसरण कुछ अन्य अरबी स्रोतों द्वारा किया जाता है, उन भाइयों के धर्म को निर्दिष्ट नहीं करता है, उन्हें आम तौर पर "विश्वासी" या "ईश्वर में विश्वास करने वाले" के रूप में वर्णित करता है। अत-तबरी लिखते हैं कि भाई "रोमन देवताओं की पूजा करने वाले लोगों" से आए थे। हालाँकि, अल्लाह ने उन्हें सच्चे विश्वास - इस्लाम की ओर अग्रसर किया। उनका कानून10 'ईसा' का कानून था11 इसी तरह का "आक्षेप" तब भी होता है जब माल्चस - भाइयों का मंत्री - भोजन के लिए शहर जाता है। मिस्र में प्रचलित आधिकारिक अरबी ग्रंथों में से एक में कहा गया है कि उसने शहर के हर द्वार पर एक चिन्ह देखा "जो केवल उन लोगों का है जो विश्वास करते हैं।"12 सीरियाई स्रोत स्पष्ट रूप से निर्दिष्ट करते हैं कि यह चिह्न क्रॉस था। भाइयों की संख्या या उनके नामों के बारे में ग्रंथों में कोई आम सहमति नहीं है: कभी वे तीन थे, कभी पाँच, सात या आठ भी।13 वे संभवतः कुछ अलग परंपराओं से संबंधित हैं: यहूदी और पश्चिमी अश्शूरियों ("जैकबाइट्स") नागरान से मानते थे कि वे तीन थे। फिर भी पूर्वी अश्शूरियों ("नेस्टोरियन") ने तर्क दिया कि पाँच थे।14 अट-तबारी ने एक कुत्ते के साथ सात, आठ या नौ भाइयों की संख्या दी है,15 जिसका

समर्थन रूढ़िवादी मुस्लिम परंपरा द्वारा किया जाता है, जिसके अनुसार आठवाँ भाई एक कुत्ता था जिसका नाम अर-रकीम16 या क़ितमीर था। ऐसी परिकल्पना एक गंभीर चिंता का विषय है क्योंकि

अत-तबरी ने कहा है कि अर-रकीम एक पट्टिका का नाम है जिस पर एक शिलालेख

उत्कीर्ण किया गया था। पट्टिका को गुफा के प्रवेश द्वार पर रखा गया था या भाइयों द्वारा इसके बीच में एक बॉक्स में रखा गया था।17 यह संदिग्ध है कि तीसरी शताब्दी में

10 अरबी में: šarī'a, जिसका अर्थ आम तौर पर कानून या विशेष रूप से कुरानिक कानून है। 11 एम. अत-तबरी, तारिअ अर-रुसुल वाल-मुलूक, बेरूत 1989, पृष्ठ 455, भाग 1। इसके अलावा,

वाक्यांश "ईसा का कानून" का सुसमाचार या चर्च के इतिहास में कोई आधार नहीं है। यीशु ने स्वयं कहा था कि वह व्यवस्था (मूसा की व्यवस्था) को खत्म करने नहीं, बल्कि उसे पूरा करने आया है (देखें मत्ती 5:17)। 12 एम. बरनीक, अहल अल-कहफ, [में:] मग्मूअत अल-क़िशास अद-दीनिया, काहिरा 1987, पृ. 21. 13 भाइयों के अपनाए गए नाम विभिन्न संस्करणों में इस प्रकार हैं: [1] मैक्सिमिलियन, मलखुस, मार्टिनियन, डायोनिसियस, जॉन, सेरापियन, कॉन्स्टेंटाइन, एंथनी; [2] मलखुस, मैक्सिमियन, मार्टिनियन, डायोनिसियस, जॉन, सेरापियन, कॉन्स्टेंटाइन; [3] यम्बलीख, मैक्सिमिलियन, मार्टिनियन, डायोनिसियस, जॉन, कॉन्स्टेंटाइन, एंथनी; [4] एकिलाइड्स, डायोमेडिस, डायोजनस, प्रोबेटस, स्टेफ़नस, सांबेटस, क्विरियाकस (टूर्स के सेंट ग्रेगरी के अनुसार); [5] यमलिआ (यामनी), माकिमिलिना (मैक्सिमिलिना, माशिमिलिना), मिस्लिना, मार्नुश (मारूस), सॅन्नुश, डाब्रानुश

(बिरोनोस), काफासतियूस (कोसोनोस), सामोनोस, ब्यूटोनोस, कलोस, क्यूमीर (कुत्ते का नाम; अट-सबरी और एड-दामिरी के अनुसार); [6] इकिलियोस, डायोनिसियोस, इस्तिफ़ानोस, फ़ुक्टिस, सेबस्टोस, क़िरियाकोस (माइकल द सीरियन के इतिहास के अनुसार); [7] आर्सेलिटिस, डायोमेटियोस, सब्बास्टियोस, प्रोबेटियोस, एवेनियोस, स्टैफानोस, किरियाकोस (कॉप्टिक में आई. गाइडी के अनुसार, ऑप. सिट., पृष्ठ 14)।   14 एम. गौडेफ्रॉय-डेमोम्बाइन्स, नारोडज़िनी इस्लामू, ऑप। सिट., पी. 319. 15 एम. आत-सबरी, तारिउ अर-रुसुल वाल-मुलुक, ऑप। सिट., भाग 1, पृ. 454. 16 एम. गौडेफ्रॉय-डेमोम्बाइन्स, नारोडज़िनी इस्लामू, ऑप। सिट., पी. 319. 17 एम. आत-सबरी, तारिउ अर-रुसुल वल-मुलुक, ऑप। सिट., भाग 1, पृ. 45

मेरी अन्य पुस्तकें निम्न है–

क्रमांक	पुस्तक का नाम
1	पृथ्वी के प्रचलित धर्म व पंथ
2	कुरान करीम का विशेष ज्ञान
3	जीवन एक पहेली व स्वास्थ्य
4	जीवन तथा भाषा की उत्पत्ति कैसे हुई?
5	इस्लाम एक परिचय व संप्रदाय
6	अल्लाह एक परिचय
7	आज भी अंल खिड जिंदा है?
8	सात सोने वालों की रहस्यमई घटना
9	प्रार्थना, सभी धर्मों में
10	उपदेश महान लोगों के, सभी धर्मों में
11	स्वप्न, व्याख्या, प्रत्येक धर्म में
12	हारूत तथा मारुत की कहानी
13	आत्मा (रूह) धर्म तथा विज्ञान की नजर में
14	असली सिकंदर (जुलकरनैन)
15	दुःख
16	ईश्वर, प्रार्थना, उपदेश, नास्तिक, दुःख
17	विश्व के प्रमुख धर्म मत व सम्प्रदाय
18	पवित्र कुरान एक परिचय तथा उसके अनसुलझे रहस्य
19	धर्म संस्थापक का जीवन परिचय ,सभी धर्मों के

41	पवित्र कुरआन में इंसानियत?

यह सारी पुस्तकें अंग्रेजी संस्करण में भी उपलब्ध है। तथा कुछ अंतर्राष्ट्रीय भाषा में उपलब्ध है।

सभी पुस्तकें पेपर बैक संस्करण तथा हार्ड कवर संस्करण में भी उपलब्ध है।

यह पुस्तकें अमेजॉन, फ्लिपकार्ट तथा **notionpress.com** पर भी उपलब्ध है।

मेरी ई बुक संस्करण (निशुल्क) निम्न है —

क्रमांक	पुस्तक का नाम
1	विश्व के प्रमुख धर्म मत व सम्प्रदाय
2	पवित्र कुरान एक परिचय व उसके अनसुलझे रहस्य
3	जीवन की कुछ अनसुलझी पहेली
4	असली सिकंदर (जुलकरनैन)
5	स्वप्न (व्याख्या) धर्म तथा विज्ञान की नजर में
6	आत्मा (रूह) धर्म तथा विज्ञान की नजर में
7	मनुष्य तथा भाषा की उत्पत्ति कैसे हुई?
8	ईश्वर, प्रार्थना, उपदेश, नास्तिक, दुःख
9	हारूत तथा मारुत की कहानी
10	उपदेश महान लोगों के, सभी धर्मों में
11	प्रार्थना, सभी धर्मों में
12	आज भी अंल खि जिंदा है?
13	अल्लाह एक परिचय
14	इस्लाम एक परिचय व सम्प्रदाय

यह सारी पुस्तकें अंग्रेजी संस्करण में भी उपलब्ध है। तथा कुछ अंतर्राष्ट्रीय भाषा में उपलब्ध है।

अपना व्यक्तिगत परिचय

मेरा नाम अब्दुल वहीद है मेरे पिता का नाम स्वर्गीय हाजी उबैदुर्रहमान है व माता का नाम जैबुन्निसा है । मैंने बचपन से ही वैज्ञानिक विचारधारा को पसंद किया है और शांत स्वभाव व पुस्तकों से लगाव रहा है । जिससे मेरी रोज जिज्ञासा रुचि निरंतर नए - नए खोजो को जानकारी में प्रयुक्त रहा है । मैं BSc करते समय पालीटेक्निक में सेलेक्शन हो गया था , लेकिन दुर्भाग्यवश अधूरा रह गया था क्योंकि पिता और भाई का सर्वगवास हो गया था । मेरे पिता जी की दो बातें जो , मेरे जीवन के लिए अत्यंत अनमोल है

प्रथम - इमानदारी से कमाओ झूठ का सहारा मत लो .

दूसरा अन्न की इज्जत करो और जितना खाना हो उतना ही लो ।

इसलिए घर की जिम्मेदारी , फिर बाद में विवाह हो जाने के कारण शिक्षा अधूरी रह गई । फिर भी हिम्मत नहीं हारा और आज आपके सामने मेरे विचारों के रूप में पुस्तक उपलब्ध है । यदि कोई जानकारी अधूरी रह गई हो तो कृपया जरूर अवगत कराये ।

धन्यवाद ।

मुझसे संपर्क करे -

Abdul Waheed, Barabanki, Uttar Pradesh, India (BHARAT)